忘れえぬ魔女の物語

the story of unforgettable witch

宇佐楢春

ILL. かも仮面

稲葉《いなば》未散《みちる》
158 cm
高校1年生

相沢《あいざわ》綾香《あやか》
152 cm
高校1年生

水瀬《みなせ》優花《ゆうか》
170 cm
23歳

忘れえぬ魔女の物語

宇佐楢春

GA文庫

カバー・口絵　本文イラスト
かも仮面

世界と絵はよく似ている。
とりわけ一発描きでないところなどそっくりだ。

序章　春のできごと

高一の春、生まれて初めてできた友達は魔法使いを名乗った。

同じ高校のブレザーを着ていた彼女は、どこからどう見ても普通の人だった。真っ黒なローブもとんがり帽子も身に着けていなかったし、杖《つえ》もほうきも持っていなかった。

「将来、魔法使いになるんだ」

「ふぅん」

普通なら冗談だと思うけれど、彼女の言葉には力があった。呪文《じゅもん》だった。

わたしは昼休みの教室の喧騒を聞き流しながら、彼女の瞳《ひとみ》に探りを入れた。冗談を言っているようにも、騙《だま》そうとしているようにも見えない。

「ねえ、将来ってことは、今は使えないのよね」

「うん。でも、午後の天気がわかるよ」

そういって彼女は夕方からの雨脚を予言してみせた。正解だ。

「湿気でわかるのかしら」

「うーん、うまく説明できないけど、しいて言うなら、デジャヴするのかな」

あいまいに笑う彼女を前にして、――もしかしてこの子も今日が繰り返してることを知ってるのかな、――なんて、少し期待してしまった。

四月六日A

新学期が始まって最初の日。

足元に吹く風がまだ冷たい日だった。

埃《ほこり》一つないブレザーとスカート。糊《のり》のきいたシャツ。新しい制服に身を包んで、わたしは初めてだらけという感動に打ちふるえた。

新しい教室の椅子《いす》に行儀よく座って、これから始まる高校生活に不安と期待で胸を膨らませる。独り静かに胸を高鳴らせながら、名前も知らないクラスメートたちの声に耳を澄ます。

すると一続きの足音が聴こえてくる。入学式前の浮ついた教室の雑多な雰囲気に近づいてくる。この学校の先生だろうか。これから体育館に移動して、入学式があって、なんて考えながら、近づいてくる足音に違和感を覚える。タッタッタッ、上履きと廊下が軽《かろ》やかにあいさつしている。先生にしてはやけに慌ただしい。なら。

開けっ放しの扉から、駆け込んできたのは一人の女子生徒だった。

セミロングの二つ結びを飛び跳ねさせて元気いっぱいに、教室中の注目を独占した。

入口ですれ違ったクラスメートを呆然《ぼうぜん》とさせながら、教室中から無遠慮に投げられる視線も意に介さず堂々とおおまたに、あろうことかわたしの一つ前の机に軽そうなリュックサックを置いて。

「ねえ、間に合ったかな、入学式。ひょっとしてもう終わっちゃった？」

今でも胸に残っている、その第一声。

「……ううん」

わたしは内心の動揺を隠しながら、通学鞄《かばん》から『入学式のしおり』と題された二つ折りのプリントを取り出して渡した。初日の時間割が載っている。入学書類と一緒に郵送されてきたので彼女も持っているはずだけど。

「ありがとー。私これ家の玄関に忘れてきちゃったんだ」

快活《かいかつ》な声は印象的で、一度聞いたらわたしでなくとも忘れられないだろう。周囲を見回すとやはり注目されたままで、目が合ったクラスメートたちはそそくさと目を逸らし、けれど一度乱された教室の空気は元通りとはいかない。

「あ、自己紹介しなきゃだね」

そんな落ち着かない空気もお構いなしに、彼女は身体《からだ》ごとわたしに向き直って。

「私、稲葉未散《いなばみちる》。よろしくね」

飛び切りの笑顔は、わたしをあぜんとさせた。

陳腐な言い方だけど、一瞬時間が止まった。魔法をかけられたのだと思った。

春風に舞い上がった桜の花びらが三、四弁、窓から飛び込んで室内を踊り、時間停止の錯覚を取り去ってくれる。

「わたしは」

名前を告げるだけのことが無性に気恥ずかしい。

断っておくがわたしは決して人見知りする方ではない。

なのに彼女、稲葉さんを前にしてだけは、なぜかうまく話せなかった。たぶん、新学期の空気とかのせい。そういうことにしておく。

「あ、相沢綾香《あいざわあやか》……、よろしく」

「うんっ」

たった一言をうめくようにして絞り出すわたしに対して、稲葉さんは屈託《くったく》なく笑った。

「何読んでるの？」

稲葉さんはわたしの手の中にある文庫本を発見した。

普通に教えればいいのに、わたしは無言で本を閉じて表紙を見せる。表紙は本の顔だから、もし彼女が興味を持つとしたら名前じゃなくて顔なんじゃないかって、偏見っぽい考えが頭をかすめたから。

「稲葉さんは、本読むの？」

話のきっかけになればと思って振ってみたけど。

「ううん。ぜんぜん」

「そう」

そこで会話は終わりになるはずだった。少なくともわたしの方から話し続ける気は毛頭《もうとう》なかった。本の続きが気になっていたわけではない。……わたしには、友達を作れない理由があるから。

身体の病気や家庭の都合とかではない、もっと別の理由で。

会話が続いたのは、単に稲葉さんがわたしを解放してくれなかったから。

「部活は何にするか決めた？」

「うーん……」

答えは最初から決まっている。

どこの部であれ、そこで自分が他人とうまくやれるとは到底思えない。

「悩んでるの？」

だから部活に入るつもりなんかなかったんだけど、消極的でつまんないやつだと思われたら嫌だな……、なんてらしくないことを思った。

「稲葉さんは？」

「相沢さんに合わせるよ」

「…………」

「大親友かよ、ってツッコむところだと思う」

冗談なんか言って、まるでわたしと話すこと自体が目的のような、人懐《ひとなつ》っこい表情を稲葉さんは浮かべていた。そんな人は今までいなかった。一人も。だからどう接していいのかわからない。

「どうしてわたしにかまうの？」

気が合うとは思えなかった。

せっかくの高校生活初日なのだから、気の合う人を探しに行けばいいのに。

「うーん。とくに理由はないんだけど、しいて言うなら仲良くなれそうだから、かな。ごめんね、読書の邪魔して」

「邪魔とかじゃないけど」

「そっか、じゃもっと話そう！」

だけどそう、このときすでに、わたしは居心地のよさとでも呼ぶべき、おさまりのよさを感じていた。

たとえ趣味が合わなくても部活が同じじゃなくても、一緒にいてなんとなく楽しい人こそを、人は特別だと思うのだろう。あるいは友情を美化しすぎだろうか。

これが、四月六日Aの話。明日はどうなるだろうか。ほんのひとつまみの期待を抱いて、わたしは翌日を迎えた。

四月六日B

四月六日Aの翌日、四月六日B。

今日もやっぱりわたしは自分の席に座って入学式が始まる時間を待っている。

高校生活初日、教室の雰囲気は浮ついている。名前を知ってる級友たちが新しい友人関係を築いている。不安や期待は感じない。疎外感だけだ。もう新鮮な気持ちを抱けない疎外感。二回目だからしかたないけど。


世界は繰り返している。

まるで絵を描くみたいに。

わたしたちが描き直すように、世界は繰り返している。

何枚もスケッチを描いて、描いて描いて、また新しい紙に描いて、お気に入りの一枚だけを清書するのと同じように、世界は同じ日を繰り返し、繰り返し繰り返して、誰《だれ》が選ぶのか知らないけど、一日だけが『採用』されて『昨日』になる。

人間が憶えていられる『昨日』は、普通採用された一日だけなんだけど。

わたしは忘れない。

世界がいつからこんなふうになってしまったのか、それはわからない。わたしが生まれたとき、すでにこうだった。目を閉じれば思い出せる。初めて光を感じた瞬間の、赤ん坊の未発達な脳が認識したあやふやな現実の輪郭を。どんな古い記憶も昨日の夕飯と同じ密度で思い出せるのがわたしの記憶力だ。

わたしは忘れない。どんな些細《ささい》なことでも忘れない。それは世界の裏側、同じ日付というラベルを貼られた、異なる一日でさえ例外ではない。

人は忘れる生き物だ。

どんなに大事な思い出でも、あらゆることを新しい記憶の下に埋めていって、気づかぬうちにおぼろげにさせてしまう。どれだけ大切に保存していても、どれほど切実に憶えていたくても、長い時が経《た》てばすり減って最後にはすっきりとなくなってしまう。

二回目の入学式前、『昨日』のことなど何も知らないはずの稲葉さんは、またわたしに話しかけてくれた。記憶の中とくらべても甲乙つけがたい笑顔で。

「部活は何にするか決めた？」

「帰宅部」

こんなふうに、同じ日付は何回もやってくる。まるでスケッチを描き直すみたいに。

そのたびにわたしたちは他人に戻る。再会の約束をしないまま。

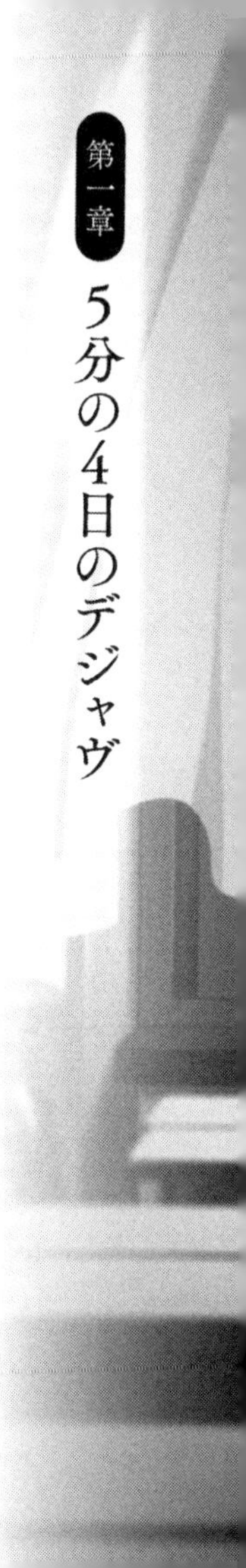

第一章　5分の4日のデジャヴ

四月七日A

昨日は入学式だった。

高校の入学式は三回で済んで嬉《うれ》しかった。同じ日は平均すると五回くらい繰り返すので、三回は少ない方ってことになる。ちなみに中学には七回入学させられた。退屈を通り越して地獄だった。

この春入学した木野花《このはな》高校の校長先生は人格者だった。長いお勤めの経験から長い長い祝辞が歓迎されないと学んでいる。話した内容だって、明後日の朝には綺麗《きれい》さっぱり入学祝いのごちそうと一緒にトイレに流れていくことまで先刻ご承知でいらっしゃる。来賓のお偉いさんたちも見習うべきだと思った。彼らの祝辞は人類には長すぎだった。

特筆したい点が一つだけある。

「私、稲葉未散《いなばみちる》。よろしくね」

三回中三回とも稲葉さんと知り合いになれた。

こんなことは今までなかった。誰《だれ》かと知り合いになっても、その日が採用されずに赤の他人に戻るのが普通だった。でも三回中三回とも話し込んだなら、どの一日が『採用』になっても、翌日顔見知りとして話せる。少なくとも、知らんぷりはされない。

稲葉さんは前の席の女子で、二つ結びにしたおさげ髪がとても可愛《かわい》らしい女の子。わたしは相沢《あいざわ》なので、出席番号1番で窓際の一番後ろの席になっている。変な席順だ。

稲葉さんはなんというかちょっと不思議な子で、見ていて飽きない。

「学校まであと十分ってころになってお弁当忘れて出てきちゃったことに気づいて。あっ、中学までは給食だったから」

休み時間、稲葉さんはお腹《なか》を可愛らしく鳴らして言った。

新学期の二日目だけど、すでに稲葉さんのことについて、わたしはかなりの予備知識を持っている。

出身中学のこととか、見学に行きたい部活のこととか、制服の可愛さを決め手に進学先を決めたこととか、昨日見た夢の話とか、初めての電車通学が新鮮で楽しいとか、『昨日』までにたくさん話した。

「おにぎりとか菓子パンなら、二階の購買部で買えるけど……」

だけど、知らないふりをしていないといけない。「駅のコンビニで買ってくればよかったんじゃない？」とかは、口が裂けても言ってはいけない。

「そうなんだ！　昼休みになったら行ってみる」

通学について教えてくれたのは四月六日Cだけなので、Cが採用された確信を得るまでは知らないふりをしなくてはいけない。ちなみにAが採用されたなら通学途中のガードレールがぺっこり凹んでいるのでわかりやすい。

一方でBとCはかなり見分けにくい。会話以外はほとんど同じ展開をした。

確率は低いが稲葉さんが自分から言い出すのを待って、わたしからは何も言わない方が賢明そうだ。登校途中、凹んでいないガードレールを横目にそこまで考えていたのに。

「あと、念のためパスケースに小銭を入れておくといいと思う」

「あっ、それいいアイディアだね」

「電車通学楽しいからって、浮かれすぎ……」

つい口走っていた。彼女のおしゃべりに引っ張られたに違いない。浮かれすぎてるのはわたしの方だ。

「あれ、なんで知ってるの？　電車だって。これから話そうと思ってたんだけど……。んん～？」

稲葉さんは不思議そうに首をかしげている。

後悔しても、もう遅い。一度口を出た言葉は決して戻ってこない。やってしまった。この反応から四月六日Bが採用されたのだと推理できる。絶対変なやつだと思われた。

心臓が早鐘を打ち、耳の裏の血管がうるさくて、嫌な汗が出そうだ。

なくなれこの一日。なかったことになれ。

わたしは今日が『採用』されないことを祈りつつ、必死で言い訳をひねり出した。

「あ、あの、今朝《けさ》駅の方から歩いて来るの見たから、電車通学なのかなって思ったのよ」

言って、ついそっぽを向く。目を合わせられなかった。

心の中で密《ひそ》かに誓う。明日から毎朝、目印を思い出そう。愛用のマグカップの位置でもスピンを挟んだページ番号でも鉢植えの向きでもなんでもいい。もっと早くからそうすればよかった。

「そうなんだ。相沢さんに見られてたなんて、ちょっと照れるかな」

白々しい言い訳なのに、稲葉さんは本当に照れくさそうに笑ってくれた。すっごく可愛い。

「相沢さんも電車？」

木野花高校の生徒は約半数が自転車通学で、残りがバス電車の割合。地元から通ってくる生徒が多い。その意味で稲葉さんの予想はもっともなんだけど。

「徒歩よ」

「徒歩⁉　家近いの？」

天然記念物を見るような目だった。志望理由は自宅から通えるからです。

「三十分くらい歩いたところで一人暮らしみたいなことしてる」

「一人暮らし⁉」

稲葉さんは大げさに驚いて、目を大きくした。感情豊かというか、オーバーリアクションする子だなぁ。大学生ならともかく高校生が家を出るのはかなり珍しいだろうけど。

「うちの親たち放任主義なのよ」

「放任すぎない？」

確かにちょっと放任すぎるきらいはあるけど。きらいというか嫌われというか。

「すごい！　私自炊とかなんにもできないから。ねえ今度遊びに行ってもいい？」

「いいけど……」

ちょっとすごい食いつきだ。

まさかこんなわたしと仲良くしたがる人間が現れるとは思っていなかっただけに、この高校で初めての友人の急すぎる接近に心が落ち着かない。なんだろう、棚からぼた餅《もち》というか、ちょっと得した感じに近いかもしれない。ちりめんじゃこの中にちっちゃい海老を見つけた、みたいな。胸がざわざわする。

やっぱりなかったことになんかなるな！

四月七日D

四月七日も今日で四日目になる。

同じ日は平均すると五日くらい続く。

四月七日、四日連続で稲葉さんは遅刻寸前になり、そのたびに芸術的な滑り込みを見せた。

四日も連続で同じ流れになるのは、実はけっこう珍しい。人間という気まぐれな生き物の行動は、同じように見えても少しずつ違っているのが普通だ。

遅刻寸前になる原因が今日の最初にあったのかもしれない。例えばよっぽど面白《おもしろ》いテレビ番組が今日未明に放映されていて、稲葉さんは毎日夜更かしをしている、とか。

わたしがその時間に起きていることはありえないので確認はできないのだけれど。午後十時から未明二時まで、わたしはどうしても起きていられない。二時を過ぎれば早起きはできるので、どうやら起きた状態で日付を越せないらしい。今まで一度もできたことがない。

ついでに言えばテレビほど不親切な機械は他にないとわたしは思っている。連中は毎日平気な顔で定規を当てたように同じ番組を放送してくれる……。大っ嫌いだ。

そんないつものお昼休み。

「学校まであと十分って頃になってお弁当忘れて出てきちゃったことに気づいて――」

この日は準備をしてきた。残り物を詰めたお弁当をやめて、予定変更でサンドイッチをつくってきた。稲葉さんのためにお弁当を作ってもよかったんだけど、そこまでするとと怪しさが満点を飛び越える。

――出会って二日で弁当って何？

――というか昼食がないってどうして知ってるの？　ストーカー？　……気持ち悪い。

ひええっ……、稲葉さんの反応を考えるだけで恐ろしい。わたしはちょっと変だから、時々普通の人間の常識がわからなくなりそうになる。

「わたし今日サンドイッチなんだけど、稲葉さんも食べる？」

ごくごく自然に切り出したと思う。わたしはランチクロスを広げて、ラップに包まれたサンドイッチを机に並べた。稲葉さんはそれだけでさっと顔を上げ、ぱっと笑顔を輝かせた。

「い、いいの？」

「気にしないで」

「でも、なんか量多くない？　彼氏さんと食べるつもりだったとか？」

「か、彼氏？　な、なんで？」

「それはだね、ワトソンくん、ふふふ、相沢さんが可愛いからだよ。それに、そのサンドイッチ、一人分にはちょっと多いから」

わざとらしい演技をまじえて推理を披露《ひろう》する稲葉さんの方が可愛いと思うけど、導きだされた答えはまったく外れている。

「そんな相手いないから、気にしないで、受け取って」

いたこともない。恋なんかできるはずがない。一日が平均して五回も続いて、そのうちの四回を誰も覚えていないのに、誰かと深い仲になんかなれるはずがない。

「本当に？　いいの？」

「いい。残り物で作ったから、ちょっと量が多くなっちゃっただけ」

「そうなんだ。なら……」

稲葉さんは一瞬だけ躊躇《ちゅうちょ》し、空きっ腹に負けた。

「か、かたじけない」

そのまま向き合って二人でサンドイッチに手を伸ばす。

ほっと胸をなでおろすと同時に、稲葉さんのことを考える。可愛いって言ってくれた。うわ、うわーっ！

暴《あば》れる心臓をおさえながら、サンドイッチをついばむ稲葉さんから目が離せない。

「これなにおいしい。コリコリしておいしい」

「エノキよ」

炒《いた》めてサンドイッチの具材にすると食感に変化が出て、いい役割を果たしてくれる。

「エノキコックス？」

それは寄生虫だ。しかもエキノコックスと間違えてる。北海道で野生のキタキツネなどによって媒介されて恐ろしい寄生虫感染症を引き起こす。

「そうではなく」

「エノキダケって栗色のキノコじゃないの？」

「図鑑で見ると野生のエノキはそういう色しててキノコ然としてるけど、人工的に栽培すると真っ白でツクシみたいに縦長に成長するのよ」

頼まれてもいないのについつい解説を始めちゃう図鑑ちゃんを、稲葉さんはきらきらした瞳《ひとみ》で見つめてくれる。その瞳にわたしは圧倒された。

なんだ、この子は。……なんなんだ。

こんな普通じゃないわたしに、こんな純粋な視線を向けてくるなんて。今までとは全然違ってる。これまで通りならもっと濁った視線、受け取っていたのは嫌悪とか畏怖《いふ》とか軽蔑《けいべつ》だったはず。

親しくしてもいいのかな。一日が平均で五回も続いて、そのうちの四回を共有できないのに……。忘れないのはわたしだけで、稲葉さんは憶えていてくれないのに。

わたしは内心をざわつかせつつ意識を食事に戻す。

「エノキ食べたことない？」

「うん。うちでは出てこない。たぶんお父さんが嫌いなんだと思う」

親の好き嫌いが食卓に反映されるケースは多分にある。わたしは自宅で海老を食べた記憶がない。父親が海老アレルギーなのだ。他には母がお麩《ふ》嫌いなので、自炊を始めてからお麩の味を知った。今、朝食をパン食にしてるのだって、元をただせば母屋で暮らしていたころの朝食がパンメニューだったからだし——。

みたいなことを話している間に昼休みはあっという間に過ぎていった。

ちなみに今までに食べたパンの枚数は二一六六七枚です。

★

三歳で大人と対等の口を利《き》き、第一次反抗期と第二次反抗期がダブルブッキングしていた可愛くない子供、それがわたし。

四歳で入園させられた保育園でもあらゆる交流を断って、部屋の隅で活字ばかりの本を読んでいた、喧嘩《けんか》一つしない手のかからない女児、それがわたし。

いくら三月生まれで周囲よりも一つ年下程度にしか育っていなくても、五日に一日しか明日が来ないわたしの内面は、五倍の速さで歳《とし》を取っている。精神はずっと年上なのだ。園児相手に喧嘩なんかバカバカしくてできるわけなかった。ましてや仲良くなど。

身体《からだ》は子供、頭脳は大人なわたしにとって、保育園とは最悪の場所だった。本を持っていれば本を奪われたし、画用紙を広げれば場所ごと略奪された。わたしは非力で、何一つ抗《あらが》うすべを持たなかった。

幼少期の記憶に、特に自宅の外での記憶にいい思い出はほとんどない。

だから家庭が避難所だった。

両親と飼い猫のいる家には心安らぐ時間があった。動物園や水族館に連れて行ってもらえることだってあった。動物や海の生き物のしめす動きは予想ができなくて、いつまで見ていても飽きることがなかった。幼い頃の幸福な思い出だ。

一方で不幸なすれ違いもたくさんある。

その一つが六歳の春、お花見の朝のことだった。母と一緒にお弁当を用意していたとき。

「綾香《あやか》！　包丁はダメって言ったでしょう！」

「えっ」

いきなりだった。そんなに怒ることだろうか、と思いながら血相を変えた母を見上げた。

そのときわたしは甘く焼いた卵焼きを切り、ゴボウを刻み、ニンジンを花の形に飾り切りしていた。

「包丁はもう少し大きくなってから……」

まな板の上に目を留めて、母の叱声《しっせい》は尻《しり》すぼみになった。

「……どこでこんなこと教えてもらったの？」

「お母さんが教えてくれたんだよ？」

思い出してよ、と祈るような気持ちだった。

親子が一緒にキッチンに立った一日はなかったことになった。思い出は消えた。仲良く料理したことも、お菓子作りを教えてもらったことも、わたしの指先にしか名残《なごり》をとどめていない。

そんなのは認めたくなかった。だから、わたしは現実に対して妥協しなかった。母の怯《おび》え竦《すく》んだ瞳を見ても、態度を変えることができなかった。

その罪の重さに気づくこともないまま……。

「綾香……、お母さん、いつも言ってるけど嘘《うそ》は嫌いよ」

「嘘じゃないよ」

「ごめんなさい、でしょう?」

両親にとってわたしは虚言癖《きょげんへき》がなかなか治らない子供だった。初めは『閻魔《えんま》さまに舌を抜かれるわよ』だったり『お巡りさんに捕まえてもらうよ』だったのが、数年を経て人間性を疑われるところまで来てしまった。

「わたしは――」

くい下がろうとしたところでぴしゃりと頬《ほお》を張られた。不思議と痛みはなかった。ただ頬を張られた事実にショックを受けて、それ以上は何も考えないようにした。

「平気で嘘を吐いたり、悪いことをして謝れないのは、人として最低のことよ」

母の冷たい声に、わたしの喉《のど》は痺《しび》れた。

頬の痛みを麻痺《まひ》させて、心を麻痺させて、そうまでして守りたいものがあった。幻想だ。母から愛されていると信じたかった。このときすでに母の心が自分から離れつつあることに気づいていた。

自分の体験している繰り返しについて、わたしは何度も打ち明けた。

何度も何度も、何度も何度も何度も訴え、理解を求め続けた。

だけど両親は信じようとしなかった。一日が繰り返している客観的な証拠はどこにもない。彼らは娘の虚言《うそ》を疑い続けた。一度だけ父が信じてくれたこともあったけれど、その一日は『採用』されず、なかったことになった。そのとき、わたしは自分の運命を受け入れることに決めた。

否応《いやおう》なく一日が繰り返される世界で、ものを忘れない人間が普通の人間と常識を共有するのは不可能と言っていいくらい難しかった。実の親子でさえ、すれ違ってしまう。

八歳になった日、家族で可愛がっていた雌のペルシャ猫が死んだ。わたしが生まれる前からうちにいて、二十年生きたという彼女は猫としては大往生だった。眠っているみたいに安らかな死だった。それでも悲しくてわたしは一日中泣いた。両親もわたしの肩を優しく抱き寄せて一緒に悲しんでくれた。

不幸だったのは、猫が死んだ日が全部で八日あったところにある。わたしが特別薄情なわけではない。八日間にわたって大泣きできるほど情に厚くて水分の多い人間は、そうそういないと思う。その態度が母の逆鱗《げきりん》に触れた。

「なんなのよ、あんたは」

「お母さん……？」

愛猫《あいびょう》の死をきっかけに、母の中にそれまで溜《た》め込《こ》まれた鬱憤が爆発《ばくはつ》した。

冷淡に見える娘の態度の裏側を想像することは、ペットロスの痛みに沈む母には難しすぎた。

「なんとも思わないわけ？　猫なんか死んでも」

彼女が必要としていたのは、飼い猫との別れに涙を流す娘であり、ともに悲しむことだった。

眉《まゆ》一つ動かさない冷血娘などお呼びではない。

でも。

「違うの。お母さん、違うの。わたしが過ごした『今日』は八回目で、もうお別れは済んだの。たくさん悲しんで、たくさん泣いて――」

他の誰にどう思われようとかまわない。けど、両親から冷たい人間だと思われるのだけは嫌だった。受け入れられない。

運命を受け入れると決めたのに、何を今さら抗弁するのか。思い出すたびにわたしは呆《あき》れる。

「だまりなさい！」

自分で決めたことを翻《ひるがえ》した報いは大きかった。

「どうしてあんたはそんな風なの！　昔っから、ずっと！　どうせ嘘を吐くなら、もう少しマシな嘘が吐けないの⁉　こんなときくらい、嘘でもいいから悲しい顔ができないの⁉」

わずか数分の間に人の運命は大きく変わってしまうと、このときに知った。

「いつもいつも人の神経を逆撫《さかな》でして！　子供らしいところなんか一つもなくて！」

金切り声が次から次へと飛んできて突き刺さった。胸の真ん中から背中まで貫通した。

わたしは唇を嚙《か》みながら母の怨嗟《えんさ》に耐えた。

「あんたなんか私の娘じゃない！　私の綾香をどこへやったの⁉」

きわめつきのその一言はわたしに致命傷を与えた。激しい動悸《どうき》におそわれた。視界がにじんで、息が苦しかった。

本心ではない。母は今、冷静じゃない。本心ではないはずだ。必死に自分に言い聞かせた。

「じゃあ、わたしは誰なの？」

「あんたなんか魔女よ」

震える声で問えば、答える声もわなないていた。

子供を森に誘い、シチューの具材にして食べてしまう魔女。

「返して！　綾香を返せ！　娘なのよ、おなかを痛めて産んだ、……うぅ、返してよぉ」

どうして母の口から『魔女』なんて言葉が出たのか、さっぱりわからなかった。童話から連想したのかもしれない。でも、ぴったりだと思った。あの人が得るはずだった相沢綾香という小さな娘をわたしは奪ったのだから。この世から抹殺して、成り代わった。そういうことなら完璧に魔女だろう。

そして十歳になる前に、ついにわたしは実の両親にすら見限られた。呆気《あっけ》なかった。

決定的だったのは、記憶が混乱し、『採用』された一日がわからなくなったこと。

どの一日が採用されたのか、思い出すのに長い時間がかかった。今でこそコツを摑《つか》んで、一瞬で思い出せるけど、そのころはまだ膨大な記憶の扱い方に慣れていなかった。わたしが「待って」と追いすがる間に会話が打ち切られてしまったこともあった。

記憶の混乱は一時的なものだったけど、失った信用は戻らなかった。

二月の暗い夜、わたしは何も告げられず親戚の家に預けられた。春休みを待たずわたしはそこで半軟禁状態で過ごした。いとこたちと楽しい楽しいホームステイの始まり？　とんでもない！

再び自宅に呼び戻されたのは新学期前。

さほど広くもない庭の片隅に、プレハブ小屋が建っていた。それを目にして、わたしは愛猫が死んだ日の翌日に母が叫んだ一言を思い出した。――魔女。

そうか、わたしは魔女なんだ。

狭い台所と掃除しにくいユニットバス。性能のいい洗濯機まで備えつけられていた。姿見と電気ケトルくらいしか買い足すものはなかった。魔女を収監する独居房としては立派すぎる。

その日から、そのワンルームがわたしの城になった。今にいたるまで母屋の玄関を跨《また》ぐことはついぞ許されていない。

四月十日D

稲葉さんとキノコの話で盛り上がった日から体感十四日経《た》った。

「今でも自分を見捨てた親のこと、恨んでる?」

「………………」

「それで心優しくも助けてくれた水瀬優花《みなせゆうか》さんに惚《ほ》れちゃったんだよね?」

「ありえない」

今日は夕方に従姉の優花が来た。

小さなベッドと座卓しかないこの部屋に、彼女は三日に一回くらい夕飯を食べに来て、毒にも薬にもならない話をして帰る。暇人なのだ。普段はカメラマン（?）をしているとか。よく知らないけど自由業らしい。

同じ日は平均で五日くらいあるので、そのうち一日か二日は顔を合わせることになる。はっきり言って勘弁して欲しいんだけど、実質的に彼女に面倒を見てもらっているような身の上なので、あまりうるさくも言えない。

「毎日のように夕飯食べに来てるんだから、まるっきり施し受けてるわけじゃないわ」

「ひどいなー。めちゃくちゃがまんして三日にいっぺんくらいにしてるじゃん」

雑にまとめたポニーテールを小さく揺らして唇を尖《とが》らせる。

黙ってさえいれば声をかける異性もいるだろうに、減らず口とにやけた口元と、おまけに特殊な性癖のせいで残念な美人の好例になっている。主にわたしの中で。

「あんたが来た『昨日』は『採用』されたでしょ。文字通り毎日来られるとお米の減りが早くて迷惑なんだけど」

「んー、そうだっけ。綾ちゃんと違って忘れっぽいからなぁ」

「わたしじゃなくても昨日のことくらい思い出せるわ」

昨日という言葉をわたしの文脈で使えたり、採用なんて言い回しをしても不思議がられないように、優花はわたしの事情を知っているこの地上で唯一の人間だ。試しに一回だけ教えてみたらあっけなく信じてくれたので、なかったことになる度に根気強く説明した。

理解者には程遠いけど、好都合なくらい順応性は高い。

「それで、『今日』は何日目なのかな」

「四日目。四月十日D」

「じゃあ四回目で悪いんだけど、昨日はどんな日だった?」

優花はわたしたちの間で定番となっている問いかけをした。もちろん額面通りの意味ではない。

「今日来たあんたはまだ二人目だけどね。まず『採用』されたのは、あんたもご存じのとおり麻婆《マーボー》ナスを食べた日」

別に献立を訊かれているわけじゃないけど、他のことを聞かれたくなかったので夕飯のメニューを話した。わたしは毎日、食事の献立を変える。この泥濘《ぬかるみ》のように前に進まない日々の中で、自分で作る食事を選ぶことは数少ない楽しみの一つだ。

「採用されなかったのは全部で五日あって、内訳は赤魚の煮つけ、鯵《あじ》の干物、ナポリタン、親子丼、ゴーヤチャンプルー。副菜まで言わないとダメかしら」

わたしは世界中でわたしだけが知っている採用されなかった献立をならべた。買い物に行った日なのでかなりバリエーションに富んでいる。

世界中でたった一人わたしの事情を知っている人間が、テーブルの反対側で幻となったメニューを聞き届けた。

「綾ちゃんご飯の話ばっかだね」

かっと瞬時に顔が赤くなったのがわかる。食い意地がきたないと言われたような気がした。

「他に何もなかったのよ！」

わたしはこの八歳も離れた従姉が、業界新聞に寄せる小さなフォトエッセイのネタ作りに、採用されなかった日々の退屈な私生活を提供してなんとか口に糊《のり》している。原稿に目を通したことは一度もないけど。

「ご飯以外は？」

「……何もないわ」

「嘘でしょー、綾ちゃん。あたしの目はごまかせないよぉ。昨日といい新学期始まってから、珍しく楽しそうだよ」

プライバシーなどない。

「何もないってば」

じりじりと睨《にら》みあう。こいつにだけは絶対に話したくないと思いながら。

優花は見逃してくれなかった。何か隠してるでしょ、と無言の圧力でわたしを追い詰めながら、自分の特権的立場を振りかざしてきた。最低だ。

「アルバイトでもしてみるかい？」

生活支援を打ち切ると脅しているつもりなのだ。重ねて言うがプライバシーなどない。

「冗談。体感時給五分の一よ。絶対に働かないわ」

平均して常人の五日分を真面目《まじめ》に勤め上げて初めて給料が出るのだ。やっていられないにもほどがある。

一応散財《さんざい》した日が採用されずに給料を五倍使える可能性もあるが、確率という魔物の眼を掻《か》い潜《くぐ》らなければいけない。断言してもいいけど三倍も使わないうちに空の財布と対面することになるだろう。わたしは運があんまりよくない。

「お姉ちゃんなんだか綾ちゃんの将来が心配になってきたよ。ちゃんとお仕事できるのかな」

優花はため息を一つこぼした。

まぁ、自覚はある。まっとうな求人の中でも時間を切り売りしてお給料をもらう職業は無理だろうな、と自分でも思う。じゃあこの特殊な才能を活《い》かして生きるかというと、それだけは絶対に嫌だ。自分の親を刺し殺した包丁で作ったメシが食えますかって話だ。

「どっかの世間知らずの御曹司を誑《たら》し込《こ》むわ。無駄にも思えた経験値五倍もいいとこあるわね」

わざとらしくうそぶきながらも、玉の輿なんて全然柄じゃないと思った。

真面目に将来どうするのかは考えておかないといけない。この世は人のためにならない人間をまっとうに生かしておいてくれるほど甘い世界じゃない。

証明は一行だ。

誰かのためになると受け取れるのがお金で、お金がないと生きてはいけない。

「うっわぁ……ドス黒い綾ちゃんも可愛いなぁ」

優花は背中をぞくぞくさせていた。

「……それで、黙ってるのはその御曹司とのロマンスかな」

うまいこと気を逸《そ》らして忘れさせたと思っていたら案外執念深い。わたしが話さなかった部分に話したくない内容が潜んでいるところまでわかっているのだろう、この直感お化けは。

「はぁ、ロマンスなんかじゃない」

わたしは観念した。そう、プライバシーなんかないって初めから知ってたはずだ。

「クラスの女子と……その、……」

「クラスの女の子と？」

「…………ちょっと仲良くなっただけよ」

このわたしに、ともだち。

何年振りなんだろう。ずっとお一人さまを貫いてきたわたしにできた友達。優花は心配するだろうか。しかも繰り返される一日の中に消えなかった関係だ。前代未聞だ。

「う」

嘘じゃないよ。

「うわ」

そんな引くことないじゃない。

「浮気《うわき》だぁぁああ」

ちがう、そうじゃない。

「あんたに本気になったことなんて一度もないわ」

うわ、何これ。まるでわたしが稲葉さんに本気みたいじゃんか。

「ひどい！　散々貢がせてポイなんてひどすぎる！」

「三文芝居やめて」

「やだなー綾ちゃん。つーかマジなのか」

わたしはげんなりした。

相手女の子だぞ。男の子にならまだわかる。いくらわたしの精神が齢《よわい》七十を超えるバ、バ、お婆《ばあ》ちゃん……、とはいえ、肉体の方は十五。思春期まっただ中なわけで、ホルモン出まくりで脳みそが本能に乗っ取られてる状態なので、異性に興味津々になるのもわからんでもない。魔女とはいえ生身だ。脳内を走る神経伝達物質には抗えない。

つまり仮に、本当の本当に由々しき事態だけど、わたしが稲葉さんラヴだった場合、実は稲葉さんは、なんらかの事情で女の子の格好をしていなくてはならない男の子というノッピキならぬ事態で、わたしは直感という無意識でそれに気づいているか、あるいはわたしの身体の方がおかしくてバカには見えない、その、……男性器が生えてるか、どちらかということになる。嫌すぎる二者択一。

そのどれでもないと思うからには、これはもうラヴではなくちょっとばかり強いライクなだけだと思うわけで……。

「まじっていうか……その、友達なんてほんと久しぶりだし、『翌日』まで続いたことなんてなかったから、距離感掴めなくてちょっと戸惑ってるっていうか」

そう、戸惑ってるだけなのだ。

そうじゃなかったら、かなりの危機的事態だ。

もじもじと言い訳するわたしを見つめる彼女の視線は、どこか冷めていた。

四月二十一日B

稲葉さんは遅刻ぎりぎりの日が多い。

始めは気にしなかったけど、毎日のように息を切らしながら教室に駆け込んでくれば、さすがに気になってくる。それで『ひと月』ほど観察してみて、わかったことがある。

稲葉さんの遅刻は大きく二通りに分けられる。その日付は必ず遅刻するか、繰り返しの中で偶然遅刻してしまう日があるだけか。

「家遠いの？　よく遅れてくるみたいだけど」

「ううん。そんなに遠くないよ。夜更かしがくせになってるだけ」

一限目の前にわたしが尋ねると、稲葉さんは苦笑した。

夜更かし、これが必然と偶然を分ける。

昨夜の夜更かしが原因なら、今日がAでもBでも、なんならZでも稲葉さんは常に寝不足だ。

そうじゃないのに遅刻ぎりぎりになるなら、朝起きてから強敵が立ちはだかったことになる。

たとえば、寝癖が全然取れないとか。電車が遅れたとか。

一限目が終わって、稲葉さんはわたしの机に取りついて、猫のような声を上げた。

「綾香ぁ、ねむいよぉ」

しれっと名前呼びされた。なんだ、あんた、女たらしか。

「はいはい」

そんなわけで稲葉さんは、せっかく綺麗な髪をしているのに、かんたんに二つ結びにしただけのことが多い。

「ねえ、稲葉さん、その……」

そう思って彼女の髪先を目で追っているところで、

「イナバ〜、おいで〜」

教室の真ん中から、稲葉さんを呼ぶ声がかかった。深安《ふかやす》さんだ。深安なつめ。教室でもとりわけ目立つ女子で、お団子へアアレンジが一万いいねな感じ。

稲葉さんは「んん〜」とあいまいに返事しながら、深安さんとぼんやりした印象の女子、一人がたむろする机に向かっていく。途中、しっかりこっちを一瞥《いちべつ》することも忘れない。

「髪やったげるよ」

「やったー」

ヘアピンと櫛《くし》とクリップとスプレーを並べて、さながら美容室のようだった。中学までの厳しい校則だったらあやうく生活指導室行きだし、今でも見つかれば不要物持ち込み罪で反省文の刑だろう。

「どれどれおぐしの具合はどうかなーって、イナバおめえ吸血鬼のくせにずりー髪してんな」

「えへへ」

吸血鬼って、夜行性ってことか。

深安さんの指先に淀《よど》みはない。稲葉さんの二つ結びからヘアゴムを取り去り、彼女の美しい髪を手櫛で軽く整えた後、べっ甲の櫛を通す。さらりと音こそ立てないものの、稲葉さんの後ろ髪は絹糸のように滑らかに流れていく。

「そんで昨日やることなさすぎてさ、テレビ見てたらファニーズのハヤシくんが――」

「あ、それ私も観《み》たよ。凄かったよね」

稲葉さんは誰とでもすぐ仲良くなってしまう。クラスの中心人物とか、露骨に浮いてる人とか、まったく関係ない。陽《よう》キャとか陰キャとか、彼女が言っているのを見たことがない。たぶんそういう幼い感覚がないのだ。誰よりも大人で、誰よりも自由。

「イナバさぁ、相沢……さんと、よく話してるじゃん？」

「うん。相沢さんおもしろいよね」

唐突に、わたしの名前が出て、つい耳の神経を研ぎ澄ませてしまう。意地汚く盗み聞きしてしまい、自己嫌悪しつつもやめられない。

「やめときなよ」

鮮やかな火矢のような言葉だった。一瞬途切れた会話から、稲葉さんの動揺が伝わってきた。

「え？　なんで？」

「なんでって、……そんなん、見りゃわかるでしょ」

あいつはやばい。クラスの中でも特に目立つその女子は言った。取り巻きが無言で頷《うなず》く。

「めっちゃ浮いてるじゃん。ろくに授業聞いてないっぽいし。ノート真っ白なのに小テストいつも満点だし」

「すごいよね！」

「違う！　すごいけど、違う！　先生もなんかよそよそしいし、教師買収してるって言ってるやつもいるし。怖すぎでしょ」

知らなかった……。そんな風に見られていたなんて。

「とにかく、あいつ変だからやめときなって。離れた方がいい。イナバまで変な目で見られる」

心臓が痛いくらい脈打った。化け物扱いされたからではない。そんなの慣れきってる。稲葉さんがどういう反応をするか、気になるのはそこだけだ。もし稲葉さんが忠告を受け入れるなら、今日が採用されて絶交になるかもしれない。

澄ました顔のまま、内心では祈るような気持ちになっていた。

「ふーん……」

残酷で、子供っぽいカースト制度がクラスを支配している。人の集団につきものの必要悪が人の心を支配しようとする。同調圧力と呼ばれる強大な暴力装置が作動しようとして。

「私には関係ないかな」

稲葉さんはその支配からつるりとうなぎのように抜け出してしまった。にこりと有無を言わせない笑顔を一つ作っただけで、深安さんもその取り巻きも、みんな黙らせてしまった。

「ほら、できたよ」

深安さんが負け惜しみを言うみたいにぶっきらぼうな口調で言った。

「すごい。なつめちゃんプロみたいだね」

「おうよ。金とるぞ」

二人は何事もなかったかのように言葉を交わし、稲葉さんは戻ってきた。わたしの前の席に軽《かろ》やかに座り、大きなお団子を見せびらかす。

「相沢さん、見て見て」

「うん、可愛いわね」

稲葉さんは満足げに微笑み、じっとわたしを見つめた。

わずか一秒の沈黙は何より雄弁だった。

稲葉さんが何を語りかけたいのか、わからないわけではない。

『一緒に来て。深安さんたちとも仲良くしよ』たぶんこんな感じ。

でも、なかったことになるから。

どうせなかったことになる。だからわたしは誰にも交友を求めない。そうしてるかぎりは、誰もわたしに積極的に関《かか》わろうとしない。それでいい。一度は親しくなっておきながら他人の顔をされるよりよほどいい。

「よく似合ってると思うわ」

稲葉さんの無言の誘いに、わたしはあえて気づかぬふりをした。

泣きたいような気分で、唯一の友人のお洒落《しゃれ》を称《たた》えた。

四月三十日C

大型連休が始まって、九日が経った。こう言ってはバチが当たるかもしれないけど、休み飽きた。昼下がり、お気に入りのクッションを抱きながら、うんざりするほど見たファッション誌の誌面（夏先取り、百面相へアアレンジ企画）を眺めながら、昔読んだ小説の記憶を反芻《はんすう》する。それくらいしか楽しいことがない。

優花の鼻歌が右耳にかかる。

「んふふ～～♪　ふへへ～」

人の髪を勝手に三つ編みにして、たいそうご機嫌だった。まぁ、もうじきクッキーでも焼こうかと思っていたから、まとめてくれるのは結構だけど。

髪型といえば、稲葉さんのお団子、可愛かったな……。

今何してるんだろう。わたしにとっては連休は九日目だけど、稲葉さんはまだ二日目だから、きっとうきうき気分だろう。家でゆっくりしているのかもしれないし、山ほど出た宿題と格闘しているのかもしれない。もしかして出かけてるのかな。どんな服で、どんな髪型で、誰と……考えれば考えるほどわからない。一番の友人のことを何も知らない。

そうだ。

「優花、練習させなさい」

「チューの？」

「ばか」

軽口をたたく優花をけん制しつつ、立ち上がって彼女に座るべき場所を示す。

「綾ちゃん……、だめだよ、お外はまだ明るいよ」

とりあえずぶん殴っておこうとしたけど、優花は上半身だけ反らして器用に躱《かわ》した。

「綾ちゃん……、今どき暴力ヒロインはどうかと思うよ」

「制裁がないセクハラなんてただの性犯罪じゃない？」

むなしく空を切った平手をにぎにぎしながら、わたしは言った。

「ヘアアレンジの練習がしたいのよ」

人並みにできるようになっておいても損はないはず。

「だから髪をね、その、触らせてくれない？　あんたそこそこ長いし、結構きれいだし」

「あたしの綾ちゃんにそんなフェチが……」

「練習したいだけよっ、誰でもいいの！」

四の五の言わずにさせればいいのに、優花はもったいつけた。

「ふーん。いいけどさ、自分のでもできるじゃん。長さは十分だし、きれいだし」

「勝手が違いすぎるのよ、自分で鏡見ながらやるのと、人様の頭でやるのは」

決められた手順を記憶し、一回きりのうまくいった経験を、何度も何度も完全な記憶の中で反芻して手癖《てくせ》レベルの習熟に昇華する。忘れられない記憶力は、外せない呪《のろ》いみたいなものだけど、使い方次第でそれなりに有効利用できる。

しょうがないなぁ、なんて言いながら、優花はわたしからクッションを受け取った。

「優しくしてね」

「うん」

落ち着いた色のヘアゴムを取り去ると、後ろ髪のゆるやかなウェーブが重力に引かれて背中に垂れた。キューティクルが強烈につやを主張し、ふわりとヘアコロンが上品に香る。

優花のくせにまっとうな大人の女性みたいだった。

どうしようか。思考がまとまらない。

「ちょっとー？」

「いいから、黙ってて」

優花は急《せ》かすように首を傾けた。

さまよわせた視線が、広げっぱなしの雑誌の特集にぶつかる。まずはお団子《シニヨン》からやってみよう。そう思ったらあとは早い。ざっくりと毛束を取り、ヘアゴムで捕まえる。このとき後れ毛を少しだけ残しておくと、とってもセクシーに仕上がる。それで次は……

「綾ちゃんにしては手こずってるね」

「すぐ慣れるわ」

壊れ物を扱うように慎重に、でも手早く、悪い動きを覚え、二度と繰り返さない。指先は最適な動きだけをするようになる。初めのころが手縫いなら、今はもうミシンくらいの違いがある。速さも、正確さも、自分の頭の上でやるのともう大差はない。

できた。

「どう？」

「おお！　さっすが綾ちゃん」

優花も納得の出来になったと思う。三面鏡を覗《のぞ》き込みながら、彼女は左右に首を振った。ぶんぶん頭を振っても崩れない。コツはもう摑んだ。自分の頭部とにらめっこしてニヤニヤしてる優花は、なんというか年端もゆかぬ少女のようだった。

気に入ってくれてよかった。じゃあ、続きをやるか。

「あ、あれ、ほどいちゃうの？」

「そうよ。今日中にこの本に載ってるアレンジ全部マスターするわ」

「ええぇ〜〜〜」

不満げな従姉を無視して、結び目をほどいてセミロングに戻す。とっておきの砂城を崩すような爽快感があった。

五月十一日A

連休が明けて、教室の空気はどこか弛緩《しかん》している。連休中にたっぷり練習とイメトレを重ねたわたしは意気込んで、さっそく行動に起こすことにした。

稲葉さんが二つ結びを弾ませながら、教室に駆け込んできたのは朝のＨＲ直前で、時間がなくて話しかけられなかった。だから最初のチャンスは一時限目が終わって休み時間になったところ。さぁ、話しかける、話しかけるぞ、いざ、

「イナバ〜、ひっさしぶり〜」

いきなり出鼻をくじかれた。

「なつめちゃん、元気だった〜？」

またしても深安なつめだった。いや、もたもたしてたわたしが悪いんだけど。稲葉さんはいつものようにわたしに催促するような一瞥をくれた後、教室の中心に向かっていく。休み中にどこへ出かけたとか、山のように出た宿題がまだ残ってるとか、国民の休日の朝にすっぱ抜かれた男性アイドルの不倫がありえないとか。見る見るうちに稲葉さんは教室の喧騒の一部になってしまう。

わたしはまるで小学生みたいだった。どっちが一番のお友達なの、なんて、恥ずかしくて口が裂けても言えない。でも思ってる。口にしないだけで、知られたら顔から火が出るようなことを思ってる。

というかわたし退屈そうなんですけど。放っておいてくれるんですか？　なんて、自覚して慄然《りつぜん》とした。……なんてこと考えてるの、わたしは。ありえない。おかしい。平気だったはずだ。今までずっと一人で生きてきた。友達ができて何かが変になった。

もやもやを持て余していて気づかなかった。

「ごめん」

「えっ」

いつの間にか、稲葉さんが戻ってきた。三十秒も経っていなかった。背中を目で追っていたはずなのに、何も見ていなかった。

「相沢さん、さっき話しかけようとしてくれてたよね。なのに呼ばれてすぐに行っちゃって」

ふわっ、と身体が浮くような感覚におそわれた。稲葉さんがわたしのことをわかってくれて、気にかけてくれて、優先してくれた。天にも昇る思いってこういうことか。

「稲葉さん……」

「ん？」

「……なんでもない」

感無量のわたしは素直になれない。

まったく、稲葉さんの優しさを無下にする気か。なんのために優花で練習したんだ。

「ふふ、呼んでみただけ、だぁ」

「違うの！」

つい大きな声を出してしまった。近くのグループが何事かと振り返り、目が合うと彼らはそそくさと何事もなかったようなふりをした。その腫れ物に触るかのような態度が胸に突き刺さる。稲葉さんが優しくしてくれるから。

「あの、わたしもできるのよ。……髪を可愛く結ぶの」

「……！」

稲葉さんは一瞬面食らったみたいだったけど、

「そうなんだ！　じゃあ、相沢さんにしてもらいたいな。いい？」

満面で大きく笑った。

素直で、裏表のない、いつもの稲葉さんだ。誰からも好かれる、誰も真似《まね》できない太陽のような友人だ。眩《まぶ》しさから逃れるように、わたしは小さく頷くしかできなかった。

十五や十六の少女でも持っている社会性を、わたしは持っていない。失ったのではない。初めから諦《あきら》めた。

それでも友人ができた。偶然だけど、ようやく出会えた。女の命ともいわれる髪を預けてくれる友人が、こんなわたしにもいる。そう思うと凍《い》てついた胸の内に小さな灯《ともしび》がついた。

髪を預けられて心の表面が波打つ。まず柔らかい。猫の毛のように柔らかい。細い髪がさらさらと指の間を滑り落ちる。

「相沢さんは休み中どうしてた？」

「………家にいたり、いとこと出かけたり、してたわ」

二つ結びをほどき、素早く手櫛を通す。夜更かしのダメージなんて露ほどもなく、絡《から》まり知らずにさらさらと流れた。

緊張で手が震えそうになるのを、指先に覚え込ませた動きで上書きする。トリートメントだろうか、甘い香りが鼻先をくすぐって、前頭葉を痺れさせる。

「うちは仙台《せんだい》のおばあちゃんちに行ったよ」

「そう」

会話なんか続くはずがない。ちょっと気を抜けば指がぷるぷるしてしまう。

気づくと、目の前に見事なお嬢様結びが出来上がっていた。ボリュームよし、バランスよし、保持力よし。会心の編み込みスタイルが決まった。

「相沢さんって、もしかして美容師さん？」

「いとこに教えてもらっただけよ」

「すごい！　さすがだね！」

何がさすがなのか、わからないけど稲葉さんは上機嫌で、一仕事終えてほっと一息つくわたしを熱っぽい目で見つめてきた。

もっと話していたかったけれど、そこで次の授業の始まりを告げる鐘が鳴ってしまった。数学を担当する厳格な教師は、時間ぴったりに足音高く教壇に上り、教科書のページ数を指示する。

授業中、時折身じろぎして髪型を確かめる稲葉さんのしぐさが、無性にいとおしかった。

五月二十日A

稲葉さんはときどき不思議なことを言った。

まるで、先のことを知っているかのような発言をして、こちらをびっくりさせるのだ。

「相沢さん、今日の古文の訳で指されるよ」

昼休みが始まってすぐだった。

「出席番号二十番は志津《しづ》くんだけど」

五月二十日だから二十番か二十五番か、五かける二十で頭の二桁《けた》で十番か、指されるとしたらその辺だろう。まぁ、今日は一回目なので、断言はできないけど。

「それでも指されたのは相沢さんだったよ。まぁ、いつもみたいに即答してたけど」

自信満々の口ぶりからはわたしへの信頼が垣間見《かいまみ》えて、それは嬉しいんだけど。

「それってデジャヴ？」

デジャヴとは既視感といって、まだ体験したことのないはずの出来事を、なぜか知っていたように感じることだ。稲葉さんのは単なるデジャヴにしてはちょっと未来予知っぽいけど。

「うん。ついでに今日は夕方までずっと晴れだよ」

もしかして一日の繰り返しをかすかに憶えてる？　いやいや、今日は五月二十日A。一回目だ。疑問は晴れないけど、言っておかないといけないことははっきりしている。

「それ、わたし以外には言わない方がいいわ」

稲葉さんなら大丈夫かもしれないけど、人は自分の知らないことを知っている人を尊敬すると同時に恐れる。なぜ知っているのか納得できないとき、敬意は敵意にたやすく裏返る。どうして知っているんだ？　何か不正をしているんじゃないか？　なんて、猜疑心《さいぎしん》が芽生える。

「二人だけの秘密？」

冗談めかして瞳の奥で笑う稲葉さんに、わたしは声を抑えて言った。

「そんなんじゃない。ただ、変な目で見られるから」

「相沢さんはそういうの気にしないと思ってた」

意外なものを見た、と言いたげに稲葉さんは目を丸くした。

「わたしは気にしないけど、稲葉さんがそういう目で見られるのは嫌なのよ」

自分のことなら慣れっこだからいくらでも耐えられるけど、稲葉さんが嘲《あざけ》られたり敬遠されたりするのは気分がいいものではない。想像するだけで胸が苦しくなる。

「うーん、それってなんかずるくない？」

「…………」

「私だって、相沢さんが陰口言われるの嫌だよ？」

ごもっともだと思った。わたしはずるい。自分のことだけ棚に上げて、自分にできないことを稲葉さんにばかり求めている。

「そんなの」

気にしなくていい、と言おうとしたそのとき、稲葉さんのおなかがきゅるきゅると鳴いた。

午後の天気だってわかるくせに、昼食の用意は忘れる。

「またお弁当忘れたの？」

「うう、さようでございます」

涙声だ。

「わたしが稲葉さんのお母さんだったら怒るなぁ」

稲葉さんはよく忘れ物をする。せっかく早起きして作ったお弁当を忘れられたら割と悲しいと思うし、もし優花のために用意したお弁当をすっぽかされたら一ヶ月は作ってあげないだろう。わたしにとっての一ヶ月は現実には一週間に満たない短い日にちだけど、怒り続けるのはひどく体力を消耗する。それでも許してあげるわけではない。

「申し訳ございませぬ母上……。でも相沢さんが怒るところってちょっと想像できないな」

稲葉さんは芝居がかった調子で天井《てんじょう》に向かって謝った。届かないと思うけど。

「そうかしら」

稲葉さんはそうだよ、と言おうとしたんだろうけど、代わりにお腹が鳴っただけだった。

「はぁ、しょうがないなぁ」

わたしは稲葉さんに包みを渡した。自分でも甘いと思う。

「こ、これは……！」

パンケーキだ。お弁当じゃないけどおやつくらいにはなる。

「神さま！」

神さまなんかじゃない。神さまはいない。

「紅茶もあるから」

「でもほんとにいいの？」

「甘いもの苦手なのよ」

じゃあなんでパンケーキなんか用意してるんだって話だけど、別に相席を狙《ねら》っていたわけではない。ちゃんと自分で食べるつもりだったし、甘いものが苦手というのはただの方便だ。わたしは嘘なんかついてない。本当だ。本当に本当だ。

幸い稲葉さんは細かいことを気にしなかった。

「そうなんだ。珍しいね」

水筒を机に置いてランチタイムが始まった。

窓際の暖かな春の陽光の中、友達と向かい合っての食事は格別で、餌付けされた動物が野生に帰れなくなるのも頷けるとか、見当違いのことを思った。

「おいしい！」

「ありがと……」

五月の後半の陽射《ひざ》しは柔らかく、ぼうっとしていると眠ってしまいそう。

入学してから半年、もとい二ヶ月弱、稲葉さんとは何かにつけて一緒に過ごした。

間違いなくわたしにとっては生涯一番仲がいい友達になった。稲葉さんにとってはたくさんのいるうちの一人だけど。

稲葉さんはやっぱり人気者で、クラス中どころかあちこちに交友があるみたいで、こうやって一緒にお昼を囲むのは週にたったの十回ほどだ。わたしも稲葉さんみたいに交友を広げればいいんだろうけど、お生憎さまお一人さまでも平気なのは変わらず。

寂《さび》しいんだけどね、本音を言えば。

自分がこんな気持ちになるなんて今でも信じられない。

でも友情って独占できるものではないし、むしろ広がっていくのが普通だろう。勝手にお高くとまっておいて寂しいなんて口が裂けても言えない。

だってしょうがないじゃない。仲良くなっても、次の日には赤の他人に戻っているかもしれないのだから。ジンクス、といってもいいかもしれない。誰かと親しくなるとすると、その日は採用されない。たとえば同じクラスの小谷《こたに》さん。稲葉さんを通じて全部で七日、親しく話すようになった。普通なら友達とよべるはずだけど、現実にはまだそうじゃない。

稲葉さんは例外中の例外だった。

別に自分を繊細とは思わないけど、仲良くなった人と同じ顔の人に他人のように振る舞われてなんとも思わないほど鋼鉄メンタルでもない。そういう経験を繰り返して、何度も繰り返して、しかも忘れられない。少なからず臆病《おくびょう》にだってなる。

お昼を共にしない日の午後、稲葉さんは埋め合わせるようにたくさん話しかけてくれる。何だか彼女がいらぬ後ろめたさを感じているように思えて、どうしてだかわたしは嬉しくなってしまうのだった。

「他の人には秘密なんだけど」

箸《はし》を進めていると唐突に、稲葉さんは視線を合わせずに切り出した。彼女にしては珍しい歯切れの悪さだ。

「私、大人になったら魔法使いになるんだ」

あまりにも唐突すぎるカミングアウトに頭が真っ白になった。

その台詞《せりふ》はあまりにもぶっ飛びすぎていて、近くにいる別の誰かがゲームの話でもしているのかと、思い込んでしまうくらいには悪ふざけに近かった。

けれど記憶の中の声は確かに稲葉さんのもので、彼女の唇の形がそう動くところまで記憶に残っている。

なぜこのタイミング？

なぜこのわたしに？

というか、魔法使いってなんだ？

「今、なんて？」

稲葉さんは念押しするように言った。

「魔法使いだよ」

「そ、そう」

からかわれているの？　でも冗談を言っているようには見えない。

魔法なんかあるはずがない。手品にはすべてタネがある。スイカやブドウからは取り除けても、手品からは無理だ。

だけど、わたしの記憶力が魔法の存在を許してもいいと言っている。

「詳しく聞いていい？」

「信じるの？」

黙って頷いた。

わたしの記憶も、魔法だから。タネなんかないただ忘れないだけの魔法。現実離れした現象を魔法と呼ぶなら、この頭蓋骨の中身はわくわくファンタジーそのものだ。記憶《ファンタジー》の中身は平凡で退屈そのものだけど。

「話そうかだいぶ迷ったんだけど、私そのうち魔法使いになるんだ。他の人には秘密だよ？」

「マジシャンが夢なの？」

「ううん、違う。杖《つえ》振って空飛ぶようなアレ」

「……」

想像の中で彼女が杖が振ると、星屑《ほしくず》がきらきらとばら撒《ま》かれ、星屑に釣られてメルヘンチックな小人軍団がどこからともなく現れると思考ごと掃《は》き掃除《そうじ》してしまう。頭の中まっしろ。

「からかってるでしょ」

「嘘じゃないよ。まぁ、その、人前じゃ絶対に使えないけど、魔法」

落ち着かせるように、稲葉さんは紅茶に口をつけた。

稲葉さんのちょっと後ろめたそうな目線や、周囲を気にした声音《こわね》はやけに秘め事じみていて、本当にこの現代に魔法使いなる生き物が存在していて、人目を忍んで秘儀を継承し続けていると、そう思わせる雰囲気を彼女はまとっていた。

わたしがちょっと考え込んだからだろう。稲葉さんは軽く取り繕った。

「ごめんね。変な話しちゃって」

信じなくてもいいよ、と続くはずだったのだろうけど、あまりにも卑屈すぎる言葉は稲葉さんの口からは出ない。

だから代わりにわたしは信じることにした。たとえ今日がなかったことになっても。

稲葉さんは不自然なくらい強引に話題を変えた。

「パンケーキ本当にありがとう。お返しにこれあげるよ」

稲葉さんはポケットの中から何かを取り出した。

彼女の二つ結びにしたおさげ髪をまとめているシュシュによく似ていた。わたしが目を丸くしている間に手早く一つ結びを作ってくれた。

「つけてあげる」

表情筋のやつが仕事をサボってぴくりとも動かないうちに、稲葉さんの身体があまりにも近くなっていて、わたしは石になったみたいに動けなくなった。鼻先に稲葉さんのいい匂《にお》いが香った。

「あっあの」

「思った通り！　可愛い！　っていうか髪めちゃくちゃ綺麗だねー」

何も言えなかった。

石化と沈黙の魔法をかけられたみたいだ。

「あっ、相沢さん可愛い。どうしたのそれ」

近くを通りかかった小谷さんにまで冷やかされる始末。こういうのなんて言ったっけ、そう針のむしろだ。小谷さんは優しい女の子なのでわたしのような愛想のない女にも気を使ってくれているだけなんだ。

わたしにできたのはただ借りてきた猫みたいに大人しくしていることだけだった。

あぁ、鏡なんて見なくてもわかる。こんなに顔が熱いんだからきっと耳まで真っ赤《まっか》だ。

「稲葉さん。もらえないよ。わたし」

「大丈夫。よく似合ってるよ。そんなに可愛いのに外すなんてとんでもない」

あぁ、うん、確かに。魔法だ。呪いがかけられているので外せない。

もしかして稲葉さんはすでに本物の魔法使いなんじゃないか。夜ごとに星空をまたいで旅をしているから、毎朝眠そうにしているんじゃないか。そんな空想をもてあそんでいるわたしの耳元に口を寄せて、稲葉さんはささやいた。

「二人だけの秘密だよ」

今日は人生最良の日かもしれない。

もらったシュシュは家宝にしよう。

まぁ、こういうのってたいてい、なかったことになるんだけど。

五月二十日B

目が覚めて最初に胸に去来したのは、昨日の続きじゃなくて残念だという気持ちだった。

それに昨日、稲葉さんが話してくれた魔法の話がやけに耳に残っていた。

昨日がなかったことになるのを防ぐことはできない。どの一日が採用されるか、あらかじめ知る方法はない。七十五年間一回も見つけていない。唯一無二の一日は守れない。

ただ、経験した一日のどれかが採用されるのは絶対だ。採用されて欲しい一日があるなら、似たような一日を増やせばいい。

だからわたしはできる範囲で、なるべく昨日と同じ結果を作れるよう立ち回った。

知っているのは今日、稲葉さんはお弁当を忘れて登校すること。

「なんで疲れてるの?」

早起きしてお弁当作ったからです。

「お、お弁当あるわよ」

お弁当を用意してきた。シュシュが欲しかったわけじゃない。可愛いって言ってもらいたいわけでもない。断じて。……断じて。

怪しまれても構うものかと開き直るのとは裏腹に、稲葉さんは降って湧《わ》いた昼食に疑問を挟む性格でないところまで織り込み済みで計画している。そんな腹黒い女、それがわたし。ほら、昔から言うでしょ、仲良くなるなら胃袋を掴めって。違った？

「えっ、ほんと？　でもいいの？」

「二人分あるし、遠慮しなくていいわ」

「誰かにあげるつもりだったんじゃないの？　あっ、男の子とか」

「違う違う」

咽《む》せそうになりながらかろうじて平静を保った。そんな相手生まれてこの方いたこともない。このやりとり前にもやったわね。稲葉さんにとっては初めてだけど。

苦労（？）の甲斐《かい》あって、今日も稲葉さんとお昼を同席することができた。

未来は変えられるなんて聞き飽きたフレーズは事実で、変えないことだってできる。

そして、意味がわからなかった部分まで変わらなかった。

「私、いつか魔法使いになるんだ」

「そ、そう」

「うん」

またしても変なタイミングの魔法使いカミングアウトだった。

一度なら偶然でも二度続けばそうじゃない。稲葉さんは今日、初めからわたしにこれを言う意志を固めていた。本気ってことだ。その本気が本当に本気なのか、本気でわたしをからかってやろうという本気なのかは、まだわからないけれど。

「あ、なんか今デジャヴった」

「デジャヴったって言い方、面白い」

デジャヴとは既視感、つまりまだ見てないのにすでに見た錯覚、『あ、前にもこんなことあったかも』という感覚のことで、わたしには無縁の感覚だ。すべてをはっきりと覚えてるので。

「うん。前にも相沢さんに言った気がする。言うわけないのにね、こんな変なこと」

「そうね。今日初めて聞いたわ」

言ったよ、つい昨日ね。

忘れてるだけなんだよ。

わたしも変なことを言いたかったけど、稲葉さんほど勇気に溢《あふ》れてはいない。

「夢の中で話してくれたんじゃない？」

というか、無邪気にも夢の中なんて言っちゃったけど、自意識過剰もいいところだ。自分が相手の夢に出てくるほど親密だって言ってるようなものなのに。

けれど。

「そうかも」

稲葉さんは当たり前みたいな顔で小さく笑ってくれた。

一夜のうちにレム睡眠は五回くらいあるので、五回くらいは夢を見るはずなんだけど、人はそのほとんどを忘れてしまう。採用されなかった出来事の一部を夢に見ていることもあるみたいだけど。

ちなみにわたしは、夢を見ない。

五月二十三日A

事件の予兆は週末。土曜日の最初の日。些細《ささい》にも思えるようなことだった。

優花が来ない。

今日は来ると言っていたのに、待てど暮らせどやってくる気配がない。

わたしの平日は平均二十五日続く。身体の疲れは溜まらないからいいけど、心はだんだん倦《う》んでくる。その一方で、毎週土日で平均十連休をもらえる役得もある。

長い休みなので当然サザエさんシンドロームにも罹《かか》る。発症するのはだいたい日曜日Bの夕方からだ。同じ日付が一度きりで終わることは滅多《めった》にないけど、二回で終わることは少しだけある。翌日が月曜日だと思うと憂鬱《ゆううつ》になるのは魔女も普通の人間と変わらない。

反対に、土曜日のAなんてのは一週間の中でも最高の気分に近い。

電話がかかってきたのはお昼ごろだった。

「今日はちょっと遅くなるよー」

「来なくていいわよ」

「またまたー。今日はお土産もあるから楽しみに待っててね」

なんて一方的に言って通話を終えたくせに、二十一時になっても姿を見せない。

別に待ってるわけじゃない。ただ早く来てくれないとお皿が片付かないし、お風呂《ふろ》に入ってる間に来ても困るし、一緒に食べようと思ってたからお腹がぺこぺこだし。

電話をかけても全然出ないし。

なんなんだ、あいつは。

五月二十三日B

「今日はちょっと遅くなるよー」

「お土産があるんでしょ」

「おん……？　もしかして二回目？　三回目？」

「二回目。ちなみに『昨日』はあんた、来なかったわよ。来るっていったくせに」

この日もやっぱり優花は来なかった。

わたしはその理由をすぐに確かめるべきだった。

五月二十三日E

たらこスパを食べ飽きた。

予定にない買い物に出かけた理由は、突き詰めればその一言に集約される。もちろん細かい理由はいくつもあったけど。どうせ優花が来ないなら、夕飯は自分の食べたいメニューにしようと思ったとか、市立図書館に返すべき本があるのでそのついでとか、土曜日はタマゴが安い日とか。卵があれば焼き菓子の一つも作れるし。

まぁ、いろんな理由の代表として、たらこスパに飽きたからということになると思う。

毎日作る食事を変えることくらいしか楽しみがないのだし、そのための手間は苦ではない。

そういういきさつで買い物に出かけた。

その帰り道、目の前で人が轢《ひ》かれるのを見た。

『昨日』までずっと優花が来なかった理由を知った。

自宅前の道を少し行った先の広い道路で、三十年間通った小学校の前の道だった。甲高いブレーキ音に首を縮めながら振り返ると、歩道のゼブラの上で若い女性がワゴン車のボンネットの上を転がっていた。

華奢《きゃしゃ》そうな身体がくの字に折れ曲がり、長い手足が空中を泳ぐ。急停止した車体から弾んでアスファルトに叩《たた》きつけられるその一瞬だけ顔が見えた。

「え……」

顔中から血の気が引いた。

よく見知った顔だった。

嘘だ。現実逃避しながら、一瞬だけ見えたその顔だちを、海馬から余さず掬《すく》い取って脳裏《のうり》に描き直す。

「あんた、そんな」

そんなとこで何やってんの。乾ききった喉から言葉が出てこない。胸をかきむしって悲鳴を上げたいくらい錯乱しているのに、意識はどこかクリアだった。

頭のどこかに冷静な自分がいて、騒然となった辺り一帯を眺めていた。電話を片手に叫んでいるおじさん。遠巻きにひそひそささやく若者たち。運転席で呆然《ぼうぜん》としているドライバー。

それらすべてを横目に走った。犬みたいに息を荒くして、爆発しそうな心臓を抑えて。

ぐったりしている彼女の前にひざまずいて、恐る恐る手を伸ばす。髪がさらりと流れ、見慣れた顔があらわになった。真っ白な頬からは血の気が失われている。嘘だ、と思っている間に、彼女の細い鼻から嘘みたいにねばついた血が一筋、垂れ落ちた。

バカみたいに能天気な表情を浮かべていた。まるで轢かれたことにも気づいていないかのような。

それはいつも浮かべていた顔なのだろう。

わたしの部屋を訪れる前に、いつも。

「優花……」

来ると言っておきながらうちに来なかった、その理由だった。

嘘だ、こんなのは。

わたしは半ば呆然として、動かない優花を見つめることしかできない。

誰がどう見たってこんなの、…………その先は言葉にしたくない。

わたしは初めて知った。日常はいつか終わるものだと。そしてそれは前触れもなくやってくる。

せっかく手に入れた特売タマゴは、投げ出された拍子に買い物袋から零《こぼ》れ落ちてしまった。殻が割れて、中身がケースの隙間《すきま》から地面に流れ出す。アスファルトにシミが広がるのを眺めながら、わたしは呆然としたまま動けない。

感謝の言葉も、文句も、伝えたい言葉がいくつもあった。

謝りたかった。わたしはいつも素直になれなくて、子供じみた態度ばかり取っていた。教えて欲しいことだってあった。何が気に入って、わたしみたいなやつのそばにいるの？

けれどもう伝えることはできない。

彼女はもういないから。この世のどこにもいない。そしてわたしはあの世などという幻想を信じ込めるほど、まっすぐな育ち方をしていない。

人の死という想像の中にしかなかったものが、目の前に立っていた。濃密な存在感を放っていた。死んでしまった人には何も届かない。わたしはその意味を初めて身をもって知った。

同じ日は平均五日続く。今日がその五日目だ。願わくば明日があるように、その日、心の底から次の日を望みながら、わたしは穏やかならざる眠りに落ちた。

五月二十三日F

死んだ人には何も届かない。……時間が巻き戻りでもしないかぎり。

そう、わたしはその特権を許されている。うんざりするほど繰り返してきた日々は、今日にかぎって強力な武器となった。

放心しているうちに翌朝になった。……なんて、可愛げのある女ではない、わたしは。

翌朝最初にすることは決めていた。まず電話で、次に電話だ。

午前七時十分前。

一度目のコールは繋《つな》がらなかった。まだ寝ているのかもしれない。叩き起こすようなつもりで立て続けにかけ続けた。出るまでかけ続ける。声を聞かなきゃ気がすまない。十分くらい単調なコール音を聴き続けて少しも退屈を覚えない。そんな余裕はない。

まだ生きてる。

まだ間に合うはず。

『昨日』が採用されるまで、まだ時間はある。起こってしまったことは変えられないけど、せめて確率を下げるくらいのことはできる。

「綾ちゃん？」

「優花、まだ生きてる？」

声が大きすぎたのだろう、優花のスピーカーから出た自分の声が向こうのマイクに拾われて戻ってきた。少しずれた自分の声を聴きながら、冷静になろうとする。

「おはよー、ずいぶんなご挨拶《あいさつ》だね、綾ちゃん」

「黙りなさい。今どこにいるの？」

電話口の優花はいつも通りの能天気だった。今日死ぬかもしれないなんて夢にも思わないのだろう。

「…………」

「答えて!」

「黙りなさいって、綾ちゃんが言ったのに」

「本当に黙らないで」

つい前日、相手の死を見てきたわたしと、平和な土曜日の朝を過ごす優花の間には越えられない温度差があった。

「えへへ、ちょうど今、ヒール探してたとこだよ〜。綾ちゃんが電話してくるのも珍しいけど、切羽詰まった声出すなんて嵐《あらし》になりそう……。傘も持った方がいいかな」

出かける支度《したく》をしていたのだろう。休日だっていうのに早い。何か特別な日?

電話の向こうから下駄《げた》箱の棚板をがたがた鳴らしたような、くぐもった音が届く。時折聴こえてくるさらさらという音は傘のナイロン生地がこすれる音だろう。ずいぶん散らかってるみたい。

「もしかしてあんた、出かけるところ?」

「うん。帰りに綾ちゃんのとこに寄るね〜」

息が詰まる。

もしかして優花はこの五月二十三日土曜日に、毎日変わらず同じ行動をとっているのかもしれない。だとしたらわたしが知らないだけで五月二十三日AもBもCも……。最悪の想像が頭を掠《かす》めた。

「ま、待って！　今日は家から一歩も出ないで！」

電話口なのに叫んでしまった。

沈黙は雄弁で、優花の困惑が電波に乗って伝わってくるかのようだった。

「いくら綾ちゃんのお願いでもそれは無理かなぁ。今日は高校時代の友達と二年ぶりに会うんだよ。ランチしてお買い物して、……楽しみにしてたんだから」

止められない。

今日、この日優花はとても高い確率で出かけて、低くない確率で事故に遭うのだろう。

あんた死ぬわよ。

そう告げれば優花の足を止めることができるだろうか。外出を取りやめてくれるだろうか。

「まって……」

声がかすれる。

やめないだろう。わたしだって出かける直前に死亡予告をもらっても行動を変えたりはしない。相手の正気を疑って終わりだ。なら、

「んん？　ごめん、もう切るね。急ぐから。……綾ちゃん？　ほんとにごめんね。話は後でちゃんと聞くから」

わたしの言葉は届かない……？

彼女の運命を座視して、みすみす死なせる？

ありえない。

蚊の鳴くような声で、わたしは言葉を絞り出す。

「なんでもするから、……わたしのために、今日は家にいて」

考えあぐねて、どうにか無い知恵を振り絞って、たどり着いた答えは泣き落としだった。

「んん〜〜？」

優花はムカつくやつで、思い通りにならないやつで、図々しくて、お節介で、甘ったれで、すぐこっちの懐《ふところ》に潜り込もうとしてくるような距離感のおかしなやつだけど、死んで欲しいとまでは思わない。

「どういうこと〜？　綾ちゃん変だよ」

というか困る。

保護者代わりの彼女に死なれたら、わたしは途方に暮れるしかない。

「まぁ、そこまで言われちゃしょうがないかなぁ」

ため息一つついて、彼女は言った。

「丸一日籠《こ》もりきりってことなら、今日は綾ちゃんがうちに来てよね」

その一言にどれほど安らぎを覚えたか。

安いものだ。それくらいで外出を取りやめてくれるなら。

五月の朝の清涼な空気の中、わたしは歩きながら考えた。

この国で交通事故に遭う人は年間だいたい五十万人。

人口をだいたい一億二千万人として、特定の一人が一年以内に事故に遭う確率は〇・四二パーセント。平均寿命が八十歳なら、三割くらいの人が一生のうちに一回以上交通事故に遭う。

初めて計算したけど、意外とバカにできない確率だと思った。

住宅地の道路を駆け抜けていくコンパクトカーの後ろ姿を見ながら安全運転を祈った。

あなたか、あなたの両親か、あなたの祖父母の誰か一人が一生に一度、交通事故に遭うか交通事故を起こす。そうじゃなかったらとても幸運だと思っていい。

意外とかんたんに人は轢かれる。わたしが昨日見た光景は決して珍しいものではない。

それが嫌なら車が通るところでは気をつけるか、同じ日を繰り返して確率に祈るしかない。

優花の暮らす賃貸マンションに着くころには、小学生でも知っている当たり前の結論に至っていた。

大学を卒業すると同時に優花は一人暮らしを始めた。わたしの部屋から十五分の場所に部屋を借りて住んでいる。今まで一度も訪れたことはなかったけど、年賀状に書かれていた住所を頼りに歩いていくと、綺麗めなオートロック付きのコンクリート造りが待っていた。

「おはよー、入って入って」

ドアホン越しに聞こえた声は、一晩中求めたもので、声を聞いただけでわたしはすっかり平

静を取り戻した。そう思っていたのに、

「綾ちゃん⁉」

姿を見た瞬間に、バランスを崩した。

「よかった。ほんっ、とに、……よっ、うあぁ」

玄関で靴を脱ぐより先に飛びついていた。

「綾ちゃん⁉　そんなにあたしに会いたかったの？　いやいや嘘だね、ドッキリだねっ。お姉ちゃん騙《だま》されないよーって、綾ちゃん？　……綾香さん？　ちょっと長くないですか？　もうネタばらししていいよ？　ちょっと⁉」

まだ生きてる彼女の腕の中に安らいで、子供みたいに泣いた。ぴーぴー泣いた。まだ生きてる。体温が温かくて、熱い鼓動が脈打っている。それだけで嬉しくて、切なくて、カットソーの背中をぐしゃぐしゃに握りしめながら泣きじゃくった。

「もう、しょーがない子だなぁ」

優花は静かに見守ってくれた。

まぎれもなく失態だった。取り乱して、泣きじゃくって、こんな姿は誰にも見せたことがない。でも仕方がない。まだ生きていてくれるのだから。

休日の朝っぱらから押しかけて号泣する従妹を、十分も、十五分も、落ち着くまで根気強く待ってくれた。

生きててくれてありがとう。素直にそう思っていたところに。

「すー、すー、いい匂いだなぁ」

「ちょっと」

人が泣いてるのに首筋を嗅《か》ぐやつがあるか。

涙声のまま抗議して離れようとしたけど、いつのまにかがっしり捕まってしまっている。

「なんか、気分よくなってきちゃった」

「バカなこと言ってないで離し……んっひゃ」

「一人暮らしのお姉さんの部屋に来るってどういうことか知らないのかな」

抱きしめられたまま、背中をぶん殴った。

あほか、こいつ。

「綾ちゃん、さっきなんでもするって言ってたよね」

「そんな昔のことは忘れたわ」

本当、残念な大人だ。

いつも通りの優花の背中を握りしめながら、わたしは呆れ半分になりながら感謝した。心の中だけで。

通されたリビングルームは皮肉抜きでいい趣味だった。部屋を交換してあげてもいいくらい。

日当たりがよくて、大きな窓を開けると五月の清涼な空気が入り込んでくる。部屋の奥に置かれた脚付きのサイドボードには面白そうな小物が並んでいるし、ドラセナ・フラグランスの鉢はまじまじと見ておくくらい素晴らしい。心の自室に置いて癒《いや》されよう。

「どうしたの、いったい」

ローテーブルの上では二人分のコーヒーが湯気を立てている。カウチに並んで腰かけ、褐色の液体に口をつけると、すっきりと頭の中が落ち着いた。

「あんた、死んじゃったのよ」

「生きてるけど。あたしもう死んでるの？　おばけ？　もしかして……『昨日』？」

頷く。一つ、小さく。

「まさか。からかってないよね？　本気で言ってる？」

恐る恐るって感じで質《ただ》してくる優花の顔は心なしか青い。ドッキリ仕掛けるために泣きじゃくってみせるような可愛げのある性格をわたしはしていない。それがわかっているからこそ優花の顔は青い。

「本当だって。すぐそこの小学校の前の歩道の上で乗用車に撥《は》ねられて、バカみたいに飛ばされて。もう少し綺麗に死ねばいいのにって思うくらい酷《ひど》い死に方だったわ。あんたちゃんと頭の中身あったのね」

「ひ、ひええ」

陰鬱《いんうつ》な表情を突き合わせて、わたしたちは座っている。まるでホラー映画の感想を語り合うみたいにしている。

人なんて死んでも、死んだ後も、ほんとろくなことがない。

「じゃあ明日……ええっと、五月二十四日になったら、何分のいくつかの確率であたしはお陀仏ってこと？」

「………」

そういうことになる。

優花が事故に遭ったのが『昨日』だけなら、一番よくても六分の一で最悪の結果が『採用』される。最悪はわたしの見てないところでも同じ展開になっていることで、その場合なら六分の五で死んでしまう。確率八十三パーセントは無事を期待していい数字じゃない。

わたしはすべての五月二十三日が終わる前に、優花と死に別れる覚悟を済ませておくべきだ。翌日のショックを少しでも和らげるために。

「そっかぁ」

それは悲しいなぁ、と優花はどこか他人事《ひとごと》のように呟《つぶや》きを漏らした。

実感がないのだろう。同じ日付のラベルが貼《は》られた別の日の出来事なんて、普通の人間にとっては昨夜見た夢のようなものだ。魔女にとっては半分くらい予知夢のようなものだけど。

「でもさ、きみが死ぬとどうなるんだろうね」

優花は面白いことを思いついた顔で言った。完璧に立ち直っている。変わり身が早すぎる。

「えっ……？」

「そんなに意外そうな顔しなくても」

なぜか呆れられた。

「あんた、平気なの？」

「明日には死んでるかもしれないこと？　平気じゃないって。でも、だからって今日を死んだみたいに過ごすのはもったいないじゃん？」

からりと晴れた空をイメージさせる、さわやかな顔で言ってのける優花が眩しい。

「人生最後になるかもしれない日に、せっかく綾ちゃんが一緒にいてくれてるんだし」

コーヒーカップを包むように持ち、黒々とした液面を優花はまっすぐ覗き込んでいた。

恨んでくれてもいいのに。どうして知らせてくれた、そう罵《ののし》られても文句は言えないと思っていた。知らないままなら人生最後の日を旧友との再会に使えた。

同じ一つの死の目前に立って、彼女とわたしの受け止め方は対照的だった。二十三歳の女はそれでも毅然と前を向き、自称七十五のくせに魔女は泣きじゃくってふさぎ込んだ。

これじゃどっちが大人かわかったもんじゃない。

「それより綾ちゃん、自分だけ死なないつもり？　綾ちゃんだって運が悪けりゃ死ぬんだよ」

なんとか虚勢を張って皮肉を言うのがわたしにはやっとだった。

「あんたみたいな死に方だけはごめんよ」

「あたしだってもう二度と死にたくないけどね」

まるで憶えているみたいに優花が鼻を鳴らしたのが面白くて、くすりと二人で小さく笑った。

せっかくだから優花が言ったことを、少しだけ考えてみよう。

わたしが目撃したのは五月二十三日Ｅの優花の死だけど、もしあそこで轢かれたのがわたしだったら、としてみよう。横断歩道を渡っていて、いきなり強い衝撃に襲われる。突然のことに受け身も取れず、アスファルトの路面とごっつんこ。背筋が凍る間もなく、次の瞬間五月二十三日Ｆの朝を迎えている……？

たぶん、きっと、そうなると思う。いいことも悪いことも別の『今日』には影響しない。

何回繰り返すかわからないけれど、もしあるなら五月二十三日ＧでもＨを迎えることさえあるだろう。

ただし五月二十四日Ａにどうなってるか、これはまったくわからない。五月二十三日Ｅが『採用』されたなら、わたしはこの世のものではないので翌朝を迎えない。

何かひっかかる。

昨日事故死したのがわたしだとして、昨日が採用されたら、明日わたしは目覚めない。筋が通ってるようで通ってない。わたしが目覚めないことを、わたしはどう確かめるの？

となると逆説的に、わたしが死んだ一日は決して採用されないのではないだろうか。

実際に試してみようとは思えないけど。こんな怖いことは、さすがに。

「自分だけ死なないって顔してるなぁ。ずるいなぁ」

「ずるくないし、今だってあんたを死なせないために動いてるでしょ」

「命の恩人だね」

「そうよ、感謝しなさい」

「一生をかけて恩返ししないと。病めるときも健やかなるときも……」

「重い……」

寄りかかってくる優花は少しだけ重い。体重を預けられて、体温が伝わってきて、鬱陶しいはずのそんなことが、なぜかたまらなく嬉しい。

ただ話しているだけでご機嫌な彼女からもっといろんな表情を引き出してみたい、なんて、くだらない好奇心が顔を覗かせる。

「ねえ、綾ちゃん。もう五年も好きだって言ってるよね」

「そうね。飽きなさいよ」

「五年間もずっと求婚してるのになんで受け入れてくれないの？」

「たったの五年よ」

七十五年も生きた魔女にとっては昨日みたいな話だ。実際昨日のことのように思い出せる。十歳の小学生に言い寄ってたヘンタイのにこやかな表情を。

「それって綾ちゃんの時間だと二十五年にもなるわけじゃん」

戦慄《せんりつ》するほど恐ろしい現実だ。

呆れるほど代わり映えしない時間を普通の人生一回分くらい過ごしてきたわけだけど、そのうちの三分の一ものあいだ優花は隣にいた。両親を除けば一番長い時間を共に過ごした相手で、四番目に一緒にいた相手とは二十倍以上の差がある。

ぐにゃりと足元が柔らかくなったような気分だった。

でも人間関係は時間じゃないし……。

「そ……う、ね」

「二十五年も通ってるんだよ？　これってもう事実婚じゃね？　二十五年は銀婚式だよ。綾ちゃん黙ってればちっちゃくてお姫様みたいだし、これはもう通い婚だよ平安時代だよ」

いやその発想はおかしい。

「最悪。たぶん金輪際、源氏《げんじ》読んでも楽しめないわ。光源氏《ひかるげんじ》の顔があんたなんだから」

「じゃあ綾ちゃんが若紫《わかむらさき》だね。結婚しようよ。十五歳の幼妻！　いい匂いだなぁ、すーはーすーはーー！」

ムカつきすぎてこめかみの血管が千切れるかと思った。つい手が出そうになったけど、今日だけは勘弁してあげる。当たり所が悪くて、うっかり死なれても困るから。

部屋中の空気を胸いっぱいに堪能して恍惚《こうこつ》となっているどうしようもない大人に、せめて渾身《こんしん》の力で冷や水を浴びせるだけにしておいた。

「中身は七十五のババアだからやめときなさい」


起こってしまったことは変えられない。

せいぜい『採用』される確率を下げるくらいしかできない。

一日、従姉の部屋で過ごした。外出する気なんか起こるはずがない。一緒にお茶を飲み、ネットの配信サービスで映画を観た。冷蔵庫の残り物で作った食卓を囲んで、お風呂と寝間着を借りた。

夜のとばりが下りて、優花の寝息に耳を澄ませながら目を閉じる。彼女が普段寝る時間より少し早いらしいけど、わたしに合わせてくれた。わたしは二十二時くらいになると急激に眠くなる。

「ねえ、優花、起きてる?」

しん、と耳に痛いほどの静寂。そこに一つだけ、すう、と寝息が返ってきた。

「死なないでよ……、お願いだから」

明日の朝、彼女の部屋で目を覚ましたらいいのに。もしそうならどの一日が採用されたかすぐわかる。

この日だけは、目が冴《さ》えてなかなか寝つけなかった。嫌な想像ばかりが膨らんで堂々巡りしているうちに、知らぬ間に眠りに落ちていた。

五月二十四日A

優花は強運だった。とびきりのハズレを見事回避して確率という名のデスゲームを生き残ったのだ。

朝起きて自分の部屋だったときはもうダメだと思った。優花が生きているとしたら、五月二十四日にわたしが目覚める場所は彼女の部屋でなくてはいけないと思っていたから。

藁《わら》にもすがる思いで電話をかけると、「綾ちゃんからモーニングコールなんて嬉しいなぁ」なんて能天気な声が返ってきて、腰が抜けた。文字通りにぺたんとフローリングに座り込んだまま十分は動けなかった。

でも、いい。

わたしの最悪の想像は、現実にはならなかったから。それだけでいい。

それでも、忘れない。

彼女の血の生温さと、脱力した身体の柔らかさを。脈を取ったときに指先に何も感じなくて、心がどれほど冷えたか、わたしは憶えてる。ずっと、死ぬまでずっと、憶えている。

第二章　仲なおりの魔法

わたしが初めて彼女に遭遇したのは中三の秋だった。

美術の課題の提出日を翌週に控えた、金曜日の放課後のこと。

「あら、キレイ」

「浜野《はまの》、……アリアさん？」

入道雲の季節が終わって部活は引退、紅葉《こうよう》を横目に文化祭はそこそこに収め、学年中の誰《だれ》も彼もが受験モード一色だった。同級生たちが月月火水木金金とばかりに、学校と自宅と予備校を反復横跳びしていたのをよく憶えている。

受験科目が優先され、音楽や体育は貴重な息抜きの時間だった。美術の時間は半分くらいの生徒が内職をしていた。いわずもがな絵の課題など、誰もまじめに取り組むはずがない。最優秀作品は卒業式の日に配布される校誌の表紙になる、……ふーん、素敵ね。

「相沢《あいざわ》さん⁉　ですよネ⁉　こんなに上手《うま》かったですか！」

例外は、受験なんて文字の書き取りテストにすぎないわたしと、転校生の浜野《はまの》アリアだった。

第一印象は『小さいなぁ』。

ウェーブを描くブロンドの髪は見るからにやわらかくて細い。色白で、白っぽいまつ毛に縁どられた瞳《ひとみ》が大きくて、小柄だけど手足は長くて、同じ制服を着ているのに同級生とは思えなかった。

「写真みたいです……。写真よりもキレイ……」

「ありがと」

忘れられていく年月を惜しんだ古代の神官が文字を編み出したように、日々繰り返される退屈に耐えられなくなったわたしは絵を描くことを憶えた。

四歳のころだった。

預けられた保育園で周囲になじめなかったわたしは、クレヨンと画用紙という友を得た。まもなく色鉛筆や絵具というヒーローとも出会ったが、怪我《けが》や誤嚥《ごえん》のおそれのために園内への持ち込みは禁止になった。

ともあれ絵はわたしの忘れえぬ呪《のろ》いを受け入れてくれた。

この分野でだけ、化け物ではなく無垢《むく》な才能でいられた。

何しろ一度身に着けた技法はいつでも再現できる。ブランクもない。記憶力は写真並みで、イメージは絶対の精度で正確。偉大な先人の精妙巧緻《せいみょうこうち》なアートも、一度見れば何度でも脳裏《のうり》によみがえらせることができる。おまけに練習時間はあり余ってる。

「どこでこんなテクニックを覚えたですか」

「どこっていうか、……本とか、美術館？」

浜野アリアはぐいぐいきた。

まんまるな目を輝かせて身体《からだ》ごと迫ってきた。おでこをスケッチブックにくっつけるみたいに、夢中で覗《のぞ》き込む姿を見て、本当に絵が好きなんだと思った。向上心に溢《あふ》れすぎている、とも。

「独学ってコトですかっ、センセは誰ですかっ」

「うーん、レオナルド・ダ・ヴィンチ？」

「生きてる人でっ」

師と呼べる人など誰もいない。しいて言うなら古典と、あとは自分自身だけど。

自分自身は生きてはいる。胸に手を当ててるとそこに鼓動がある。けど、人ではないだろう。

彼らとわたしは違いすぎる。見えてるものも、吸ってる空気の味も、時間への感覚も。当然人生の意味や生き死にへの情念も違っている、……と思う。

「ごめんなさい、よくわからないわ」

「そうでーすか」

彼女が話すたどたどしい日本語はどこか作り物めいていて、けれどその西洋人形のようなみかけと調和していた。

「アタシのスケッチも見てクダサイっ」

「うん」

差し出されたスケッチブックには、中庭の自然の造形が生き生きと写し取られていた。学年でも指折りの腕前といってよいだろう。

「マルセイユとダカールで学びマシタっ」

わたしはこの小さな画家の歩んできた人生に想《おも》いを馳《は》せた。たぶんマルセイユが先だろう。モンティセリやセザンヌゆかりの地で絵筆を授《さず》けられた彼女は、ダカールでも描き続けた。わたしにも友達ができそうだ、なんて無邪気に喜んだりはしなかった。

だって、わかっていたから。

採用されるはずがないって。

「浜野さんは絵が好きなんだ」

「もちろんです！」

スケッチブックを返しながら、控えめに、言葉を選んで。

「とても丁寧で、綺麗《きれい》な絵だと思うわ」

わたしに話しかけてくれた彼女と語り合いたい気持ちで、声が上ずりそうになるのを抑えながら、短く言った。

「相沢さんも、上手です！　出来上がるのが待ち遠しいです！　見せてくれマスか」

「うん」

「かならずですよ！　ショーブですからネっ」

「勝負？」

「コンテストですから」

負けず嫌いなのかな、とそのときは思ったが、その見立てはだいぶ甘かった。わたしも結構負けず嫌いな方だけど、浜野のそれは桁違《けたちが》いだった。


次の日、わたしの絵を一目見て、再び初対面の浜野アリアは立ち尽くした。

「なんですか、コレ……」

「転校生の浜野さんよね。よろしく」

わたしは彼女の反応を見守った。

「もしかして、美術の課題ですか、……コレ」

気に入ってもらえるだろうか。あるいは好きな作品について語れるかもしれない。なんて甘い夢を見られたのはほんの一分だけ。

「学校の課題で普通ここまでやるですか⁉　インチキに決まってます！」

絵は浜野の激情に火をつけた。

その瞳には嫌悪と畏怖《いふ》と軽蔑《けいべつ》がはっきりと浮かんでいた。

いきなり現れた完成品。制作途中を見ていない浜野には、魔法に見えたのだろう。

わたしは棒を呑《の》まされたみたいに動けなくなって、走り去る後ろ姿を見送るしかない。かけるべき言葉がなかったから。

出来上がるのが待ち遠しいといったのは彼女ではないか。わたしは悪くない。見たいと言ってくれたから早起きして完成まで仕上げてあげたのに。わたしは悪くない。いくら胸の内に反芻《はんすう》しても気分は晴れなかった。

たぶん、浜野アリアも独りだったのだろう。

目を惹《ひ》く容姿をしていたから浜野の周りにはいつも人がいた。けれど囲みの中で彼女は孤独だった。母国に帰ったというのに言葉は半分くらいしか通じない。頼みの綱は絵画しかない。西洋仕込みの絵筆が浜野の身を救った。自信になって、一歩踏み出す勇気を支えたに違いない。

わたしだって、誰かが認めてくれたら……。

せめて浜野との最初の出会いの日が採用されていたらなんて、詮ないことを考えてしまう。友達ができるような日が『採用』されるわけがないのに。わたしはそれなりに運が悪い。

それでも浜野に罵《ののし》られた日が『採用』されるなんて、この世界は底抜けに残酷で、いじわるだ。千日も前のことなのに苦々しい記憶は少しも薄れてはくれない。

六月十八日D

「相沢さん？」

呼ばれて我に返ると稲葉《いなば》さんの大きな瞳が、こちらを覗き込んでいる。ちょっとどきっとするような距離だった。わたしはわざとらしく背筋を伸ばして、距離を取り直す。

たぶん、ぼうっとしていた。昔のことを思い出すと今のことがおろそかになる。思い出が鮮明すぎるのも考えものだ。いつの間にか放課後になっていて、教室にはわたしたちしか残っていない。

「気のせいだったらごめんね」

そう言って、稲葉さんはわたしに右手を差し出してくる。反射的に空の手のひらを受け取ってしまったけど、これどうすればいいの。

「なに？」

「相沢さん、さみしそうな顔してた」

繋《つな》いだ手がゆっくりと揺れる。直視できなくて、窓の外の梅雨空《つゆ》に視線を逃がしながらわたしは小さく嘘《うそ》をつく。

「気のせいよ」

稲葉さんの手のひらの上で指が縮こまる。臆病《おくびょう》にこごまる不器用な指先はすがるような動きをした。

「そっか。気のせいでよかった」

「うん。……ありがと」

いつも騒がしい教室も、今は雨音を意識してしまうくらい穏やかで、普段はみんなに囲まれている稲葉さんがそばにいてくれる。何もかもを見透かしたような瞳で、強がりを許してくれる。言葉なんかいらなくて、ただ手を握ってくれる、隣にいてくれる、それだけで十分すぎる。

浜野はわたしと同じだった。

完成した絵は浜野の心の中心を支えていた軸を叩《たた》き折ってしまった。

本来あり得ない制作の速度と精度。自分が一番だと疑わない少女の伸び切った鼻を折るには十分すぎる非現実だ。

それを可能にするのが忘れえぬ呪い。一度見た景色を忘れず、たまたま一回うまくいった手の動きを完璧《かんぺき》に覚え、おかしした間違いを二度と繰り返さない完全な記憶力。

わたしだって、親が認めてくれたら、この呪いにも向き合えた。母と父のどちらか片方でいいから、たった一言「綾香《あやか》はすごいね」と言ってくれたら、呪いは祝福に裏返ったはずだ。その一言が一歩踏み出す勇気になったはずだ。

胸を張って生きていけたはずなのだ。

六月二十二日A

梅雨入り七十二日目。

木野花《このはな》高校のカリキュラムでは芸術科目は音楽と書道と美術からの選択で、稲葉さんとわたしは中庭で膝《ひざ》を並べて紫陽花《あじさい》を描いていた。

梅雨の季節を代表する花で、見るべき造詣がわかりやすくて描きがいがある。色だって目が覚めるほど鮮やかだ。美術教師が校内からモチーフを選びなさいと号令した瞬間から、もうこれしかないと思っていた。

あいにくの曇り空で少し肌寒いのだけが難点だけど、稲葉さんと二人でお喋《しゃべ》りしながら絵を描く時間は楽しい。今日も楽しい一日になりそう。というかすでになってる。

「最近よくお父さんが早く大人になれ～ってしつこくって、……相沢さん、そういうのない？」

ちょっと反抗期ぎみの稲葉さんの口調には父親への甘えが混じっていて、微笑ましさを覚えるのと同時に、ほんの少しだけ羨《うらや》ましい。

「うちは放任されてるから」

隣に住んでるのに親の顔なんてもう何年も見ていない。

「相沢さんのお父さんは何してるの？」

「うち？　うちはただの先生だよ。学校の」

「先生なんだ！　すごいね！　勉強とか教えてもらうの？」

「う、ううん。あんまり話さないし」

まずい。

稲葉さんがわたしやわたしの周りに興味を持ってくれているのは嬉《うれ》しいけど、親のことにはあまり突っ込まれたくない。何も知らないのだ。専門分野も、教えている学生のことも。父も母も家では仕事の話をしなかったし、家を出てからはわたしも知ろうとしなかった。

親の仕事について何も知らない、答えられないのは変じゃないか。それとも普通の子は興味を持たないのかな。わかんない。わたしは変だと思う。

とりあえず、話を逸《そ》らさないと。

「稲葉さんはお父さんとよく話すの？」

「うん。昨日は遅くまでテレビなんか見てるんじゃないって、十二時なのに！　お父さんは一時過ぎまでごろごろしてるくせに！」

高校生の午前0時はかなーり遅い時間だと思うけど。

叱《しか》られて稲葉さんはふてくされて寝てしまったらしい。

わたしは厳しい父親だと思うのと同時に、まるで自分の事のように稲葉さんの抱いた不満が胸の内で渦まくのを感じた。海中を逃げ惑うタコが吐き出すスミみたいな摑《つか》みどころのないもやもやしたイメージで、不愉快でたまらなくて吐き出したいのに、実体を伴わない煙を吐き出すのはとても難しい。

稲葉さんのお父さんは、きっと真夜中まで起きていて翌朝寝坊するのは、いい大人の生活じゃないと言いたいのだろう。夜更かしは子供のできることじゃないけど、夜更かしするのもまた大人のすることじゃない、と。

ただ十代の後半って子供でも大人でもない時期だと思う。失敗から学ぶ年齢というか、大人扱いされないと大人になれない年頃《としごろ》というか。

「おかしいと思ったらちゃんと怒った方がいいわ。人間はちょっとくらいのことは耐えられるし、慣れちゃう生き物だから、慣れた後で変えるのは難しいわ」

息が続かなくて窒息しそうになった。

年寄りの説教は長いのだ。

わたしが珍しく長々と喋ったので稲葉さんは鉛筆を止めて目を丸くしていた。半分くらい描き終わっているスケッチに視線を戻しながら、稲葉さんは小さく笑う。

「ふふ、ふだん全然怒んない相沢さんが怒れって、なんだかおかしいね」

「とにかく――」

わたしも最初は怒った。

どうして自分だけこんな特異体質なのだろう。

楽しくてもつらくても、忘れたくてもなくても、いずれは何もかもを忘れる無邪気な生をまっとうしたかった。いつまでも憶えていると誓った記憶が、時間が経《た》つにつれて色あせていくのに気づいて、でもどうしようもなくて泣く夜を迎えたかった。

自分だけが特異体質だと気づいたときは、世界中から騙《だま》されたような気分だった。怒りがこみあげてきて、ひとしきり怒って、一人きりで怒って。絶望して、また怒りを思い出して。ただ怒って、怒り疲れて、わたしは諦《あきら》めた。怒るのに与えられた時間も不必要に何倍もあった。だけど、わたしの怒りの五分の四をこの世界は憶えていない。

心の地層を覆《おお》う諦めの下には、分厚く燃えかすが堆積している。

それが現在のわたし。

下絵が着々と出来上がっていくにつれて会話は減っていった。

ちらりと視線をモチーフから稲葉さんのスケッチブックに寄り道させると、綺麗な紫陽花の花と大きな葉っぱが生き生きと描かれている。細い手首がたおやかな指先の動きに繋がり、美しい線を顕現させる。

彼女の切り取った紫陽花の素朴な生は瑞々《みずみず》しかった。

通学中に毎日横目に見る何気ない植物が、彼女の視界の中でこんなにも光り輝いていたと知れた偶然が、たまらなく眩《まぶ》しかった。なのに。

楽しい時間も穏やかな時間も永遠ではない。

背後で小さな足音がして、不穏な影が一人分。

「貧相な絵ですね！　小学生が描いたみたいね！」

誰だ、とは思わない。声を聞いただけで思い出した。浜野アリア……。

せっかく可憐《かれん》な顔立ちをしているのに、口元はへの字に結ばれていて、敵愾心《てきがいしん》を隠しもしない。忘れていないとも。わたしは彼女に恨まれている。見たくない顔だった。

「そんな絵を提出するつもりなのですか」

小脇《こわき》に抱えられたスケッチブックから覗く浜野が描いたそれは、確かにちょっとうまい。技術もそうだし、モチーフも王道を外していない。校門からのぞむ校舎は堂々たるものだった。見ごたえはじゅうぶんで、じっくり見たくなる絵だった。

しかし、こういうふうに見下されては、素直に浜野さんスゴイ！　とはならない。彼女も称賛を期待したわけじゃなかろう。

というか、喧嘩を売られてる……？

稲葉さんとの楽しい時間に水を差されて、わたしは苛立《いらだ》ちながらも同時に、ひっかかるものを感じていた。どうしてわたしのところに？

だから警戒していたのに、浜野の次の一言はあまりにも不意打ちだった。

「——稲葉サン」

「え？」

わたしのことじゃないの？

わたしは凍りついた。酸欠の金魚みたいに、みっともなく口をパクパクしてしまうところだった。頭はまっ白で、喉《のど》は発するべき声を持たない。

「でも、凡才のアナタにはお似合いデスね」

あ、そっか。

こいつはわたしが気に入らないんだ。だからわざわざわたしの隣にいる人をねらった。その方がわたしが動揺するから。他人の気持ちなんかわからないけど、それくらいはわかる。

「どこからどうみても名画でしょ」

凍りついた頭が怒りの熱で溶け、思いつくままに即反論した。

「しょうがないよ、私うまくないから」

「そんなことないわ。わたし、これでも結構目は肥えてるのよ」

稲葉さんはすっかり萎《しお》れてしまった。

彼女は別に手を抜いていたわけじゃない。すぐ隣で座っていたわたしの、どうしようもなく貧相な記憶力がそれを知っている。

あぁ、それにしてもどうして浜野がここに。同じ高校に進学したことは知っていたけど、どうして突っかかってくるんだ。どうして今なんだ。せめて一人でいるときだったら――。

思考がよくない方へばかり流れる。元気のない稲葉さんも威張ってる浜野も、何もかもが神経を苛立たせる。

浜野がまた余計なことを口走る前に、早く追い払ってしまおう。

「素敵な絵ね、それ」

わたしは浜野の正面から身体の向きをずらしつつ、目的語をあいまいにして褒め言葉を贈る。

「もっとよく見せてくれる?」

稲葉さんの顔に困惑が浮かんだ。今にも怒気をあらわにしそうだったわたしが、急に絵の話なんかし始めたからだろう。

浜野にも警戒のしぐさがあらわれた。しかし世の中には常に自己顕示欲が自制心をうわまわる人間がいる。浜野は間違いなくそういう人間だ。わたしの人間観察は当たった。

「ほ、ほら」

一瞬だけ全身をこわばらせた浜野は、スケッチブックをおずおずと差し出してきた。陰湿な魔女の罠《わな》に落ちたのだった。

「ふふ、あんたに言ったんじゃないんだけど」

わざとらしく失笑してみせる。演技じゃない部分が半分くらいだ。

浜野アリアの頰《ほお》にサッと朱《しゅ》が差した。

「なっ……」

不毛な口喧嘩を演じるつもりはない。一言で畳む。

「自意識過剰ね」

浜野アリアは言葉に詰まった。

わたしはもちろん見せつけるために稲葉さんに声をかけた。

「さ、よく見せてくれる？　稲葉さん」

なんてかわいそうな浜野さん！　わざわざ対人関係に難アリの魔女とかかわったばかりに、いらぬ恥をかかされてしまって。彼女は夜中にまくらに顔を埋めて叫ぶタイプだろうか。

「お、おお、おぼえていなさいっ、ばかーーっ」

冗談みたいな捨て台詞を聞けて満足、とはならないし、心配してもらわなくても絶対に忘れない。

わたしは浜野の背中を白けた気持ちで見送って、稲葉さんを振り返った。わたしの視線に気づいて稲葉さんはごまかすように愛想笑いをした。スケッチブックを抱きかかえるように持って、もう作品を見せてくれる気はないみたいだった。

楽しかった時間はもう戻ってこない。

いつの間にか雨が降り出した。

わたしたちは中庭から引き揚げ、昇降口の軒下で水煙を眺めた。足元が寒い初夏の日、わたしは復讐《ふくしゅう》の炎の小さなくすぶりを夏服の内側に隠した。雨が降ってくれてよかった。気温が下がって身体を震わせていないと、その炎はすぐにでも延焼してしまうから。

というわけで、何十年ぶりかにぶち切れてみた。

六月二十二日D

六月二十二日Aから三日経って、六月二十二日Dになった。

その日も天気はやっぱりパッとしない曇り空だった。当然だ。今日は昨日の繰り返しなのだから。雨降りに備えて夏服の上からカーディガンを羽織《はお》った。寒いのは嫌だから。

稲葉さんは意外なものを見た、とでも言いたげに瞳を丸くした。

「もうじき雨が降るから?」

「またデジャヴ?」

「うん。そんな気がする」

稲葉さんはまつげをぱちぱち瞬かせて、可愛《かわい》らしく小首をかしげた。

わからなくていい。今日が四回目だなんてわからない方がいい。今日のために他の今日を使ってわたしが重ねた研究も知らないままでいい。

一回目と同じようにわたしたちは中庭に陣取って作品制作を始めた。とはいえわたしはもう四回目だし、二回目と三回目は準備のために速描《そくびょう》したので、同じモチーフを選び続けるかぎりは一回目とは比べ物にならない速さで完成する。それでもあまり早く出来上がると隠し切れない不自然さが出てきたり、単純に手持《ても》ち無沙汰《ぶさた》になるので、わたしはつい稲葉さんの横顔に目を移しがちになっていた。

端正な顔立ちが真剣な眼差《まなざ》しを湛《たた》えているさまは、凛々《りり》しささすらにじみ出ている。肌はなめらかで、綺麗な鼻梁《びりょう》の線が隔てるその向こう側とこちら側は別世界……というのは詩的すぎるかもしれないけど、そのくらい見とれていた。

その稲葉さんがこっちを振り向いた。あきらかに視線を気取られた。

「な、何かな。じっと見られると恥ずかしいよ」

「ご、ごめん」

反射的に目を逸らした。

可愛かった。彼女の横顔を胸の内に描こうとして、頬に差した朱が咎《とが》めてきた気がして胸を詰まらせる。見てはいけないものを見た。心臓がここにいるぞ、と激しく主張して、少しだけ苦しくて、でも不愉快なだけじゃない苦しさで。

至福の時間だったのですぐにピンときた。今がジェットコースターの一番上。

「平凡な絵ね」

来た。

浜野アリアは毎回作業を終えるとここを通る。そしてわたしを見かけると小馬鹿《こばか》にせずにはいられない。今日はこっちにも用意がある。

「素敵ね、それ」

「え？」

わたしは浜野のスケッチブックを指差す。

そこには菖蒲《しょうぶ》の花の鮮やかな紫が、周りを占める少し寂びた色の中で鮮やかに主役として引き立てられている。へえ、『今日』はそれなんだ、と思った。

「あ、ありがと」

褒められるのは慣れてるだろうに。この高慢女でも照れたりするんだ。どうでもいいか。

「ほらこの色使い、平凡なあなたの絵じゃないみたい」

浜野はわたしの言葉の毒にはたと反応した。

「それ……どういう意味よ……っ」

「ほら。不思議ね。あんたのはカラーコピー？　素敵な手品ね」

わたしは自分の描きかけのスケッチブックを一枚めくった。アリアの絵とまったく同じ、寸分たがわぬコピーが浜野の前に現れる。

「な、なによ、コレ……」

浜野の顔から血の気が引いた。

断っておくけど、わたしはここを一歩も動いていない。常に稲葉さんと手を繋げるくらいすぐ隣にいた。繋いでないけど。

「相沢さん……ずっとここにいたのにどうして」

「くっ。別の絵を描くことにするわ……」

しばらくして戻ってきた浜野の絵は鯉《こい》の泳ぐ池だった。

みなもの波紋の透明感が美しい一枚だった。この短時間でよく描いたものだと感心すらしてしまう。わざわざ学校の隣にある公園の水辺まで行ってきたのだろう。

わたしは黙ってスケッチブックを二枚めくる。浜野に言葉はない。呆然と立ち尽くすしかない。理解できないという顔をしている。

理解できるはずがない。たった一回の今日を生きる人間には。

からくりは単純だ。わたしは『今日』、浜野アリアの跡をつけてそっと後ろを通るふりをして、さっと絵を盗み取る。横目でちらりと見るだけで十分だ。わたしの記憶力は写真並みだ。そして見た絵は『今朝《けさ》』登校前にサッと描いてしまう。早起きは別に苦手ではないし、絶対の記憶力による模写なので実物を隣においてトレースしているのと大差ない。技術的にも障害はない。わたしは身に着けた技術を劣化させない。時間と予算さえ折り合いがつくなら、どんな複雑な名画だって完璧に模倣できる。――そして予算はともかく時間は余ってる。

これがわたしの選んだ復讐《ふくしゅう》方法……。

噴水と鴨、校門から望む校舎、池と東屋の景色……、この時間の浜野アリアが描きうるすべてを調査し、わたしはあらかじめ先回りしている。

絵の仕返しは、絵で。

わたしは愕然《がくぜん》とする浜野に人力コピーの束を押しつけた。

「よくできてると思うわ」

浜野の選んだモチーフを、彼女の画風で。線の運び方からパース、景色を切り取る量から絵の具のメーカーまで、何もかもを完全に一致させた。

制作時間についてさえ心配はいらない。今日が始まってからでしか今に残る作品は作れず、使える時間は数時間しかない。だけど同一手順の繰り返しはわたしの最も嫌うところであると同時に、最も得意とするところでもある。こつこつ練習した成果を忘れないわたしにとって、この程度の絵を数枚『再現』するには小一時間もあれば十分すぎた。

「どういう手品かしら。いつわたしのコピー取ったの？」

わたしが語気を鋭くすると、初めて浜野の目尻に涙が浮かんだ。わずかにためらいが生じて二の句を継ぐのが止まった。

明らかにやりすぎだったが、やりすぎたとは思わなかった。……思わないようにした。

「あ、あたし……悪くない。あたし悪くない」

「そうかもしれないわね」

あぁ、八つ当たりだとも。

わたしは友人が受けた侮辱に対して、加害者と同じ顔をした他人に八つ当たりして気分を晴らしているんだ。ちょっとからかってやろうと思ったばかりに、『今日』の浜野はきつすぎるしっぺ返しをくらった。

「なんで……なんでなのよ。どうして」

「こっちが聞きたいくらいだわ」

「ねえ、相沢さん、もうやめない？」

稲葉さんの制止なんか届かない。

「ねえ浜野さん、絵は好き？」

「あ、……あたり前、でしょ」

「あら意外ね。てっきり無理矢理描かされてるんだと思ってた。だって好きでやってるにしてはあまりに――」

今日の稲葉さんは、わたしが何に腹を立てているのか知らない。

わたしもまた知らなかった。自分が他人のためにこんなに怒れるなんて、稲葉さんが愚弄《ぐろう》されて、こんなに胸が悪くなるなんて想像もしなかった。

そして彼女たち人間と、自分自身が致命的なまでにどう違っているのか、失念していた。

だから目と目の間に火花が散って、初めて自分の正体を思い出した。汚らわしい魔女のくせに。

次にわたしが口を開いたとき、わたしは何も言葉を発せなかった。頰を張られたと知って、誰に張られたか知って、持っていたすべての言葉は火勢を逆向きにして喉に焼きついた。

「えっ」

「もうやめよう。言いすぎだよ。泣いてる」

おろかなわたしは、ここでようやく気づく。失敗した。

引き結ばれた唇と、形のよい眉《まゆ》が複雑な表情を作り上げる。怒りであり、悲しみであり、失望だった。あの心優しい稲葉さんを怒らせたという事実にわたしは震えた。

やりすぎを悔いてももう遅い。こんなのただのいじめじゃないか。……気づいた瞬間、張られた頬が鈍く痛み始める。羞恥《しゅうち》に熱く腫《は》れる。

「浜野さん、大丈夫?」

なぐさめようとする稲葉さんさえ拒絶して、浜野アリアは走り去る。化け物から逃げるように駆けていく。

「相沢さん、らしくなかったよ。……だめだよ、こんなのは」

たしなめる口調には、はっきりと失望がにじんでいた。

弁明の言葉?

あるはずがない。

わたしがしたのはただの憂さ晴らしだ。

意趣返しという大義名分を掲げて、どれだけ殴っても許されると信じたサンドバッグを子供みたいにタコ殴りにした。

返すべき言葉を持たないわたしを置き去りにして、稲葉さんは校舎の中へ戻っていった。

取り残されて、頬が熱くて、目がにじんだ。泣きたかったけど歯を食いしばって耐えた。わたしには子供のように泣く権利なんかない。そのくらいはわきまえている。ここで涙するほど恥知らずではない。

やがて梅雨空の下、紫陽花の葉が静かに雨音を奏《かな》で始め、けれどわたしは一歩も動けない。頭からつま先までずぶ濡《ぬ》れになった。

その後はどう帰ったのかもよく覚えていない……なんて都合のいい忘却は、わたしにかぎってありえない。

虚《うつ》ろに教室でホームルームを右から左に聞き流し、みじめったらしくとぼとぼと帰宅した。ひどく現実感の抜け落ちた時間だった。今日一日のことをまるでぺら紙一枚の出来事のように感じている。他人事《ひとごと》であって欲しいという愚かしい現実逃避のあらわれだ。

「どうして……」

部屋に帰って靴を脱いだとき、上がり框《かまち》に腰を下ろしてしまうともう身体は動かなかった。

どうしてこんなことになってしまったんだろう。

決まってる。わたしが普通じゃないからだ。こんなことになるなら人並みの交友など初めから求めなければよかった。どうせわたしには無理だったんだ。

毎日を耐えるだけの生活を続ければよかった。

およそ五日に一度しか明日が来ない日々は、呆《あき》れるほど遅々として進まず、心を殺してすべてに身を委《ゆだ》ねるような諦念の向こうにだけ時間の歩みを感じられる。そういう耐えるだけの生活を続けていれば、楽しみも少ない代わりに傷つくこともない。

久しぶりに、明日を迎えるのが怖い。

今日が採用されればしばらく稲葉さんとは気まずいままだろう。もしかしたらこの先ずっとそうかもしれない。目が合うたびに逸らし続けるのだろうか。そんなのは、いやだ。だったらどうすればいいのか。どうやって仲直りすればいいのか。わたしは知らない。

……仲直りの仕方なんか知らない。謝り方なんてわからない。

思考がネガティブになっている自覚はある。こういうときはだいたい体調が悪い。

そこまで考えたところで胸の内が液状の恐怖で満たされるのを感じた。水のないところなのにまるで溺《おぼ》れたみたいに苦しい。喉元《のどもと》が冷たくなるような錯覚。脚が震えて、全身がぐにゃぐにゃになったみたいな、気持ち悪い感覚。

体調が悪いから思考がネガティブになるのだ。

思うより早くわたしはトイレに駆け込んでほとんど空っぽの胃から内容物を戻した。激しい嘔吐《おうと》が激しい筋肉の収縮を引き起こす。こみ上げた胃酸のもたらした痺《しび》れが思考を焼き払う。

「はろ～、優花さんが来ましたよ～」

入口の方からのんきな声とともに足音が近づいてくる。

夕飯を食べに来たんだろうか。もうそんな時間になったのか。身体が思うように動かず、返事もできない。

「あーやーちゃーん？　……綾ちゃん⁉　大丈夫……、じゃないよね⁉」

優花は人の顔を見て素《す》っ頓狂《とんきょう》な声を上げた。

「うわ、顔真《ま》っ赤《か》。すごい熱。ベッドに運ぶよ」

そいつはわたしをひょいと持ち上げると、膝の下に手を回してそっと運んだ。子供みたいな扱いだけどわたしには抗議する気力もない。つーか何よあんた、顔真っ青《さお》じゃない。そこは「つわり？　授かり婚だね、綾ちゃん」でしょうが。キャラが違うのよ……。

あぁ、情けなくて泣けてきた。

身体はだるくて、心は折れてて、日ごろ邪険にしている相手に介抱なんかされてて……。

あ、ご飯作らなきゃ。

こいつそのために来たんだから。

思考とは裏腹に意識はブッツリと断絶した。

六月二十三日E

稲葉さんと喧嘩《けんか》して、泣きっ面に蜂とばかりに風邪までひいた。

ベッドから動けないまま五日も経ってしまったけれど、それでもいいかという気にもなっていた。何をするのも億劫《おっくう》だった。

わたしは季節の変わり目によく風邪をひく。雨に降られたのも身体が冷えてよくなかった。とはいっても濡れ鼠《ねずみ》になったあの一日が採用されたという証拠はないけれど。

昔から身体があまり強くなかった。小柄だし、食べる量だって周りの半分くらいしかなかった。おまけに運動嫌いでもあったので、丈夫に育つはずがない。

もっとも体調を崩す根本的な原因は、やはりこの『特異体質』だろう。普通の人は季節の移り変わり目に、衣替《ころもが》えをしたり寝具を調節する。わたしの場合、同じ日が何日も続く。季節の移り目がわかりにくい。突然暑くなったり寒くなったりしたとき、心の方が早すぎる段階で慣れてしまっている。無意識に間違った体温調整をしてしまうのだ。気分では正しい衣替えなのだけど、身体はまったくついてこれない。

「綾ちゃん元気？　身体拭くよ」

ベッドの中でそんなことをとりとめなく考えていた夕暮れ、いつものように優花がやって来た。五日間、毎日欠かさずだ。こんなわたしを気にかけてくれる。えへへ、嬉しい、……なんて思うのは、頭が煮えてるからだろう。

「けほっ。悪いけど夕飯は店屋物でも取って頂戴《ちょうだい》」

咳払《せきばら》いをしてもひどい声はましにならない。入口に背を向けたまま返事をする。

「綾ちゃん、その言い方最高にババくさいね」

ほっといて。

「声だってカラカラだし。病院は行った？」

行ってない。

保険証を持たされていないわけではない。そこまでネグレクトされてない。

しんどい思いをして病院に行って、点滴打って薬もらってそれで治る。おおいにけっこう。

でも今日は五回目だ。仮に一日目から病院に行くことに決めていたら、五回も病院まで這《は》っていくはめになっていた。五回もしんどい思いをするのは絶対に嫌だ。忍耐力には必ず限界がある。

それに病院嫌いだし。

「行ってらい、んぐ、ずず」

鼻水が通行止め状態で苦しい。眼球が痛くて頭もぼうっとする。もう五日間ずっとだ。気が滅入《めい》ってくる。

「もう、ちゃんと病院行かないと、長引いてつらいだけだよ」

ベッドサイドに腰かけて、頭を撫《な》でてくれる。手を握ってくれる。

小さなころはよく熱を出して、その度に母はこうやって手を握ってくれた。まだ母に嫌われる前のことだ。ぼんやりとした意識の上、完全な記憶力がよみがえらせた感触はあまりにも生々しくて、つい口を滑らせてしまった。

「おかあさん、……ぁ」

完全に無意識だった。優花の手の感触は、思い出の中の母とそっくりだった。

「綾ちゃん？」

わかってる。この手を握っているのは母ではない。けれど甘えという感情は、一度堰《せき》を切ったらもう胸の内には留めておけない。

何もかもがうまくいかなくて、夢の中に逃げ込むこともできなくて、身体は軋むし心の中には『数日前』の後悔が居座って出ていってくれないし、それでまたひどく自己嫌悪して、自分のどうしようもなさを再確認してまたへこむ。何より救いがたいのはそんな自分を受け入れて欲しいと思ってしまっていること。弱りきった理性に甘えた性根が腐っている。

「お水、飲むよね？　持ってきてあげるから」

するりと手が離れ、──えっ、行っちゃうの？　思うが早いか、離れかけた手を伸ばしていた。遠ざかる指先を求めて、手が空振る。──いやだ。一人にしないで。必死に手を伸ばして、立ち上がろうとした優花のブラウスの背中をなんとかして捕まえた。

「どうしたの？」

「…………」

言えるはずがない。心細いからそばにいて、なんて。

でも、伝わってしまった。

「……もう、しょうがないなぁ」

優花は再びベッドサイドに落ち着いて、やっぱり同じように髪の流れに沿って頭を撫でてくれた。かつて母がしてくれたように手を握ってくれる。思わず握った手を顔まで持ってきて頬ずりしてしまう。目を閉じたままでいれば時間が巻き戻ったようだった。どんなに懐かしんでも二度と戻れないあの頃に。

発熱と懐かしさが涙腺を緩《ゆる》ませる。目尻の涙を拭《ぬぐ》おうとして目を開けたところに、

「綾ちゃんは甘えん坊さんだなぁ」

ニヤニヤとご機嫌な優花と、

「あ、相沢さん。風邪つらそうだね」

その肩の向こうに稲葉さんが立っていた。

「え」

稲葉さんが、立っていた。

稲葉さんが！　わたしの部屋にいた！

わたしは力いっぱい優花を突き飛ばした。優花は「あーれー」なんて言いながら部屋の反対まで転がっていった。

稲葉さんは思いがけず遭遇してしまったクラスメートの痴態に言葉を失って呆然と立ち尽くしていた。そうとしか思えない。

「な、なん、なななんでなんで」

うわ、頭が芯《しん》まで熱い。

熱のせいじゃなく、ある意味熱のせいなんだけど、びっくりして開いた口が塞《ふさ》がらない。

穴があったら埋めて欲しい気分だった。

「門扉のところでもじもじしてた子がいたから連れてきちゃった。稲葉ちゃんの名前は聞いてたし」

優花の「いいよね」とペロリと舌を出して笑う様子に、悪びれた様子は小指の先ほどもない。いいわけないだろ。後でたっぷりお仕置きだから。

「もじもじはしてないです。道には迷ったけど」

稲葉さんにしてはめずらしく声が硬い。もしかして優花を前に緊張してる、とか？　そんなことあるんだ。誰とでもすぐ打ち解けられる人だと思ってただけに意外な印象を受けた。

「来週テストあるからノートがないと困ると思って。具合悪いところに押しかけちゃってごめんね」

「だいじょうぶ。具合は、……悪いけど、いい。大丈夫。それよりノートありがと」

「一生懸命書いたからねっ。おかげで居眠りせずにすんだよ」

そういえば、あれ……ギクシャクしてない。

ビンタをくらって別れた後にしては異様なほどフランクに接している。これはあれか、採用されなかったんだ。わたしが陰湿に浜野アリアを追い詰めて泣かした『昨日』は、採用されなかった。なかったことになった。

「すごい本だね」

稲葉さんが足元を見回す。入ってからずっと気になっていたのだろう。異様な光景だから。部屋の一角、横向きに積まれた本の山々。標高は五十センチくらいで崩れかけているところもある。

「全部そこの女のよ」

なぜか調子に乗った優花がピースしている。

ただでさえ狭いのに、資料と称して色んな書籍を山積みにして帰っていくのだ。

むろん優花は一ページも読まずに、その要約をわたしに尋ねる。常人の五倍は暇を持て余しているわたしは読まずにはいられないし、持ち前の記憶力で内容を絶対に忘れない。優花は体よく生き字引をゲットでき、わたしは耐《た》え難《がた》い退屈から一時的に逃れられる。そこそこのウィンウィン関係。

「じゃ、若いお二人の邪魔しちゃ悪いし、夕飯買ってくるね。稲葉ちゃん食べらんないもんある？」

「いえ、居座るのも悪いので遠慮します」

布団《ふとん》の中からそっとカーテンをずらして外を見るともう暗い。

「あ、そっかー。でも私が留守にしてる間に綾ちゃんに何かあると手遅れになっちゃうかもなー。誰か留守番してくれると助かるんだけどなー」

な、何言ってんだこの人……さっきまでわたし一人だったじゃん。

「そ、それは！」

「じゃ、よろりー」

優花がいなくなると室内はたちまち静まり返った。庭のすみに潜むケラの鳴き声まで聞こえてくるほどに静かで、その静寂を心地よく感じられるほどにはわたしたちの仲は深くない。まだ。

感じなくていい気まずさがあって、それが寂《さび》しかった。

「ノート見せてくれる？」

沈黙があまりにも気まずいのでなんでもいいから話そう。

稲葉さんは鞄《かばん》の中からノートを探しながら話す。

「具合がよくなってから見て。今度学校で返してくれればいいから。私ルーズリーフだし」

「今見て返すわ」

リングごと渡されたノートを、パラパラめくりながら見ていく。一日分の授業ノートって結構な量だなぁ、とぼんやり思いながら。

「写さなくてもいいの？」

稲葉さんが気遣ってくれるから。

「一度見たものは決して忘れないわ。そういう病気なの」

つい口が滑った。

引かれるかな。釈明するか言い間違いにしてしまうか迷ったけど、採用されるかどうかもわからないし、発熱のせいで考えるのも面倒だった。

それでも、取り繕うのをやめたくせに恐ろしい。稲葉さんの反応が。顔を正視できない。

「決して忘れない……すごい！　病気じゃないよ。才能だよそれは。相沢さん、すごい！」

わたしは稲葉さんから受け取ったノートを布団の上に取り落としてしまう。

顔が熱い。

涙が出そう。

熱のせいじゃないけど、熱のせいだ。

というか顔が近い。

「そんなこと言われたのはじめて。ありがと」

「どういたしまして」

「あ、あの、手……」

いつから握られてたんだろうか、なんてとぼけるまでもない。わたしの記憶力は知っている。

顔が熱くなったのは、稲葉さんがわたしの手を取って握ったからだった。

「あ、ごめん。つい」

　そうしてそっと離した手を、稲葉さんはわたしの頬に添えた。

　心臓が飛び跳ねた。

「……ごめんね。痛かったよね」

　手は痛くないけど。

　なんのこっちゃ……、とただ戸惑うも、心の浅いところに一つだけ大きな傷跡、心当たりがある。

「相沢さん、本当はあんなことする人じゃないよね。何かわけがあったんだよね。それなのに私……」

　目を見開く。息が止まる。

　あの日について深く考えることはやめていた。だけどずっと目を逸らしていた現実は、わたしを見逃してはくれなかった。

　採用、されたんだ。わたしが陰湿な手管を弄して、浜野アリアを追い詰めて泣かした六月二十二日は、採用された。

　いつもこうだ。消したい過去ほど採用されてしまう。だから一瞬たりとも気を抜いてはいけなかったはずなのに、過ちは人知れずやってきてにやにや笑いを浮かべている。

　かけがえのない思い出だけがなかったことになる。頑張ろうという意気は挫《くじ》ける。不公平だ。

不公平だけど、不平を言う相手なんかどこにもいない。どうしてわたしだけが……とうに諦めた怒りが再燃する。諦めとは最も静かな怒りだ。

「ねえ、私ちゃんと聞くよ。私、相沢さんのこと信じるから」

明らかにわたしに非がある。

ちゃんと聞くと言ってくれている。わたしは打ち明けないといけないはずだ。呪われた記憶力のこと、一日が繰り返していること、わたしが経験した現実のこと、そのすべてを。

何か言わなきゃ。でも、声を出すとそれだけで決壊してしまいそうで、何も言えなかった。だってわたしには泣いたり嘆いたりする権利なんかないから。

涙なんか死んでも流す気はなかったのに。

悪いのはわたしなのに、稲葉さんが優しくしてくれるから。彼女はこんなわたしを信じてくれている。その信頼を裏切った事実が胸の中で猛毒となって広がる。

「どうして泣いてるの？」

彼女とわたしは別の生き物なんだ。人間は忘れる生き物で、忘れられないわたしは別の生き物。共通言語はない。使ってる言葉こそ同じだが、違う文法で機能している。

「ごめんね」

首を振るしかなかった。

稲葉さんはそっと壊れ物でも扱うように、わたしの頭を胸に抱いて撫でてくれた。

きっと勘違いをしているのだろう。年相応のいたいけな女子高校生が、善意の行動を友人に誤解されて涙を流していると、稲葉さんはそう思っている。

それは間違いだ。採用できない。実際に起きた出来事ではないから。事実はもっと醜い。おぞましい性根を持つ魔女が自己満足のために他人を傷つけて、望んだ結果を得られない必然を理不尽と嘆いているだけの喜劇だ。

わたしたちは今どうしようもなくすれ違っている。

稲葉さんの胸はやけに温かくて、きっとそれは内側にあるべき心の温度だと思った。冷血のわたしとは違う。

どう言い繕って、どんな言葉で誑《たぶら》かして、どういう道をたどって稲葉さんを丸め込むか、わたしは一瞬で思案を終えた。わたしが口を開きかけたところで。

「ただいまー、お財布忘れちゃっうわあああ!!　ウワアアアアアア!!」

あと一歩のところでわたしは踏み外すところだった。半泣きのわたしを抱きしめる稲葉さんを目撃した優花が、何もかもを台無しにしてくれた。後で感謝のお仕置きね。


優花がコンビニで買ってきてくれた梅粥《うめがゆ》とペペロンチーノと幕の内弁当を囲んで三人で夕食をいただく。

ペペロンチーノの押しつけ合いが起きたのがひどかった以外は楽しい夕食の時間だった。

「ニンニクくさくなるじゃん」とは優花の弁だが、自分が食べたくないものを買ってくるのも普通にヒドイと思う。

「綾ちゃん、後ろで両手を組んでみて」

血行をよくして代謝を整え病気を治すエクササイズだとか、眉唾《つば》。

「こう?」

椅子《いす》に座って上体が反るような体勢になる。

はす向かいの席で稲葉さんも同じポーズをしている。いったい優花は何をやらせたいんだ。

優花はわたしと稲葉さんをたっぷり見比べた後、

「わかってたけど、気の毒なくらい胸ないね」

BACOOOOMM!!!!

アメコミ調の効果音に乗せてビンタをお見舞いした。

うさぎのしっぽよりも気が長いと言われたわたしも逆鱗に触られると火を噴く。

生まれてこの方、最速で手が出た。優花の左頰でもみじになった手が痛い。張られた方も相当痛いはずだけど、優花は平然としている。

稲葉さんは動物的な危機感から背筋がピンと伸び、目を真ん丸にして驚いている。

「遺伝だから」

「でも叔母さんけっこうあるよね」

BACOOOOMM!!

「父親似なのよ」

「ごめん」

「みじめになるから謝らないで」

優花は少し思案した後、九官鳥みたいな声を出した。

「ごめんね、綾ちゃん」

人の沸点でチキンレースしてる……。

「次に謝ったらあんたのソレを瘤取《こぶと》り爺《じい》さんのアレと同じ目に遭わせて桃太郎の鬼役よりも生まれてきたことを後悔させてやるわ」

「……」

にしても稲葉さん、綺麗だったなぁ。上体を伸ばしたときに浮き上がった、ほっそりとした身体のラインを思い出す。

「綾ちゃん顔が赤いよ」

「熱があるのよ」

「どういうお熱かな」

後でお仕置きだなぁ。にっこり笑った。むろん演技だ。

般若面を背負ったわたしの表情がどんどん険しくなっていくのを見かねてか、稲葉さんが話題を強引に取り舵《かじ》いっぱいしてくれた。

「そういえば相沢さんちってお金持ちなんだねー。すごく大きなお家だもん」

でもごめん、そっちは地雷。

「裕福なのはうちの親よ。わたしじゃないわ」

「綾ちゃん、勘当されてるからね」

「えっ」

わたしが今日まで隠し通した内容だけに、稲葉さんの表情にまずいことを聞いたという色が走る。

「勘違いしないで。わたしが親を捨てたのよ」

精一杯なんでもなさそうに、わたしは強がりを吐き捨てた。

「またまたー。親と喧嘩してうちに逃げてきたじゃん」

「優花、あんた」

「あたし今でも夢に見るよ。綾ちゃんと一つ屋根の下――」

殴られても優花はご機嫌だった。それもそのはず、『大好きな綾ちゃん』について語れる相手などほとんどいなかったのだから。

「従姉なんだよね」

稲葉さんが控えめな声音《こわね》で確かめる。

「うん」

あんまり交流のない親戚関係だったけど、優花はわたしより先にわたしの異常性を理解していた。もしかしたら放逐されるにいたる事情なんかも察していたのかもしれない。だからといって気を使われたりしなかったし、そこに救われていた部分もあったけど。

「初めて見た綾ちゃんの目は綺麗だったなぁ。思えばあれは絶対一目惚《ぼ》れだったね」

当時わたし十歳なんですけど。

「まぁ今でもハイライト少なめでキュートなんだけど」

「私、相沢さんのこと何も知らなかったんだね」

稲葉さんは残念そうにそう零《こぼ》したけど、最初からわたしは自分のくだらない身の上なんて教えるつもりなどなかった。たとえどれほど親しくなったとしても、だ。

「綾ちゃんと叔父さん叔母さんの大戦争は話のタネに尽きないよ」

優花は面白《おもしろ》そうに言った。戦争とはいっても、結果的にはただの空回りだったと思う。

「見返してやるんだって息巻いてたんだよね」

まだ母屋で寝起きしていた頃だ。

そのころから両親との仲は最悪に近かったけど、わたしは優秀さを示すことで親の愛を取り戻せると思い込んでいた。生まれ持った記憶力のたまもので、ありとあらゆる学力テストで満点を取りまくった。神童扱いだった。よい学校への編入を勧められ、海外の大学から身なりのいい大学教授がウチに来たこともあった。両親は彼らを玄関で追い返した。

そのときにわたしは認めるべきだった。

わたしの目指していた誇らしい愛娘《まなむすめ》の姿と、両親が我が子に望んでいた子供らしい子供の影が、決定的にシルエットを異にしている現実を認めるべきだった。


二十時を回った。

いつも優花がこのくらいまでごろごろしているので、部屋に誰かがいても不思議じゃなくて、感覚がおかしくなっているけど、未成年が出歩くにはちょっと遅い時間だ。

少し前に優花が「門限とか大丈夫？」なんて自分が引き止めたくせに勝手なことを抜かしていた。そのときは稲葉さんは気分を害した風もなく「高校に上がってから門限九時ってことになってるから」と笑って教えてくれた。成績が落ちたら学習塾に行く約束になっているらしい。わたしはベッドに横たわりながら二人が話をしてくれたりするのを、時々合いの手を入れたりしながら聞いていた。

間違いなく一番楽しい六月二十三日とは後にも先にもない今日のことだろう。だから絶対に採用されないとわかってしまった。仲直りの今日は採用されない。初めて稲葉さんがうちに来てくれた一日はなかったことになる。

優花に頼んで、稲葉さんを駅まで送ってもらうことにした。別れ際、わたしは一方的に告げた。

「今日のことは忘れて。わたしと違ってあなたにはできるはずだから」

お見舞いに来てくれたことも、才能だと言ってくれたことも、信じようとしてくれたことも、全部忘れてしまえばいい。『忘れないで』なんて言う権利はわたしにはないはずだから。稲葉さんの勘違いを利用して、何食わぬ顔で和解しようとした魔女のわたしには。

六月二十九日G

採用されて欲しい日ほど採用されないのはいつも通り。驚くようなことじゃない。

びっくりしたのはむしろ、通学を再開してから六日連続で稲葉さんと仲直りできたこと。

七日目の今日も、きっと。

古典の先生が助動詞活用まとめプリントを配布するタイミングで、一つ前の座席に座る稲葉さんはその手紙を渡してくる。プリントの下に巧妙に隠して。

『放課後教室に残ってくれる?』

女子なら誰でも知ってる、ルーズリーフを折りたたんだ形。その内側に几帳面な文字で一行だけ記されている。毎日、一言一句変わらない。繰り返す一日の中で変わらないものは、天候か、何度考え直しても同じ結論になることだけ。

わたしのことを考えて練りに練ってくれたメッセージ、なんて誇大妄想を育てながら、折り目に沿って丁寧に戻して、通学鞄に仕舞い込んだ。

「ごめんなさい、相沢さん。私、相沢さんにひどいことをした」

放課後、開口一番に稲葉さんは深々と頭を下げた。

お見舞いに来てくれた日に仲直りしたつもりだけど、なかったことになったから、稲葉さんにとってはこれが一回目の和解ってことになってる。

「痛かったよね」

「それはもういい。わたしがやりすぎだった」

きっと体調を崩したわたしが休んでいた間も、ずっと気にかけていてくれたのだろう。それだけでもう十分すぎる。

今日、この日、稲葉さんはかならず仲直りをしようとしてくれる。放課後パターンなら、開口一番に『ごめんなさい』で、次は『お返しに一発どうぞ』と、打てとばかりに頬をぐいぐい寄せてくる。そんなメロスみたいな友情を求められても……。

「言っとくけど、お返しはしないから」

「……えっ」

心底びっくりしたようすで稲葉さんは口を半開きにして。

「相沢さん、もしかして、心が読めるの？」

「顔に書いてあった」

もちろん嘘だけど、でも、今日が七回目なんて言えるわけがないからこう言うしかない。

気まずい沈黙が三十秒くらい流れただろうか、唐突に、稲葉さんは語り始めた。それは七回目の六月二十九日になって初めて耳にする話だった。

「ねえ、相沢さん。中学のころの私って、今とはけっこう違ってたんだ」

「違ってた？」

「……ええと、暗かった？　みたいな感じ」

想像してみる。わたしみたいに教室の片隅で目立たないように過ごす、今より少しだけ幼い稲葉さんの姿を。思い描けたのは、椅子に腰かけたぼんやりした人影だった。ろくに想像もできないくらい、今の印象とはかけ離れている。

「うそ、信じられない」

「ほんとだよ。でも、高校に入って変わった」

どうしてわたしにそんなことを打ち明けるんだろう。

稲葉さんが高校デビューなんて、とても意外だった。わたしが生まれてからずっと日陰者だったのと対照的に、彼女はずっと陽《ひ》の当たる場所を歩んできたんだと思っていた。

「高校に入ったのがきっかけ？」

「うーん、というより午後の天気がわかるようになったから、かな」

この魔法使いちゃんは時々不思議なことを言うなぁ。わたしが訝《いぶか》しんでいるのに気づいて、困った顔をしながら稲葉さんはちょっとだけ早口になる。

「ほら、ほかの人が知らないことを私だけが知ってるって、考えるだけで勇気が湧《わ》いてくるでしょ？　誰に何言われても、どんな風に思われても、午後から夕立が来るって私だけが知ってて、鞄の中に折りたたみ傘がある。無敵じゃない？」

一息に言って、最後はちょっと意地悪に歯を見せた。

小さな優越感のようなもの。それはすごくわかる。わたしが独りきりなのは自分しか知らない世界があるからだし、独りで平気な理由もまた自分しか知らない世界があるからだ。

「わたしでも変われるって言いたいの？」

「ち、違うよ。むしろ相沢さんはそのままでいい。変わらなくていい」

そんなきりっとした目で言われても困る。変われるもんならわたしだって変わりたい。ずっとそう思ってきたのに、

「誰に睨《にら》まれても、グループからのけものにされても、相沢さんのところに戻ればいい。これも無敵だねっ」

心がじんわり温かくなる。稲葉さんがここまで言ってくれるなら、ずっと変われなくても別にいいかな、なんて、幸せすぎて素直に受け止められない。

「おかしいわ。入学式の日に話しかけてきたじゃない。あんな風に話しかけてくる人が、大人

しかったなんて」

　知らず知らずのうちに、わたしは突っかかるような口調になっていた。疑ってるわけじゃない。けど、納得もできてない。だってそんなのわたしに都合がよすぎる。

「だって……そうしないといけない気がしたから」

　稲葉さんは目を伏せて、いかにも自信なさげに言った。

　それから顔を上げて、決然とした瞳をはっきりと向けて。

「あ、……相沢さんの顔を一目見た瞬間に、話しかけて、仲良くならないといけない気がした」

　ちくりと、心の柔らかい部分に違和感が刺さる。

　それは尖《とが》った針のようでもあったし、濃縮されきって甘くなった酸のようでもあった。どちらにせよ、手の届かない心のどこかがちょっとかゆい。

　稲葉未散《みちる》、あなたは何者なの？　……なんて。

　高校に入ってできた友達で、生まれて初めて『次の日付』も友人でいてくれた人で、今や、かけがえのない相手。人当たりがよくてクラスでも人気者なのに、わたしみたいのを気にかけてくれる、……自称、魔法使い。

　よく知っているはずの友人。その本当の姿を、わたしはまだ知らない。

第三章　たいせつな人

七月十七日

夏休み前の登校最終日はもう八日目。夏休みが恋しすぎて何日も続く最終日をもどかしく思う、なんてじれったさを、この歳《とし》にもなると感じたりはしない。とっくに慣れている。

強烈な紫外線を避けて歩く木漏《こも》れ日《び》の下はアブラゼミの合唱コンクールの真っ最中。熱心な彼らの歌声がアスファルトからの照り返しに変身して、鈍感な人間にも感じられる暑気になる。

「綾《あや》ちゃーん、お出かけしよぉ。お買い物行こうよぉ。お洋服買ってあげるからさぁ」

昼過ぎに学校から部屋に帰ってきたわたしを出迎えたのは、鬱陶しい優花《ゆうか》の猫撫《ねこな》で声《ごえ》だった。

間違えた、優花の鬱陶しい猫撫で声だった。施錠してから登校したはずなのになぜ……。

半ば熱中症になりながら帰ってきて早々、強烈な日差《ひざ》しの中に戻らなきゃいけないなんて、カンベンお願いしますと泣きを入れたい。

「せめて着替えさせて」

「ええー、いいじゃん。制服デート」

優花はわたしの手首を摑《つか》むとミュールを足に引っかけて勢いそのまま玄関を出ようとする。このままわたしが突っ立ってると彼女が転んで足を挫《くじ》くので、しぶしぶわたしも外に出る。

「デートじゃない」

靴も脱がせてもらえなかった。それよりも。

「ねえ、汗臭《くさ》くない？」

「いい匂《にお》いだよ」

汗の臭いが心地よいなんてありえない。他人からいい匂いがしたとしたら、だいたいシャンプーか石鹼《せっけん》か柔軟剤、あるいは香水の匂いだろう。

あるいは異性であれば、生殖本能が働くから汗臭さがフェロモン効果を発揮することもあるかもしれない。だけど、たとえふるいつきたくなるような美女であっても、同性がその体臭を心地よく感じるなんてあるだろうか。……やっぱりあるかもしれない。

あるかもしれないけど、わたしはシトラスの制汗スプレーをこっそり吹いた。一吹きだけ。あんまり使うと肌がかぶれるから。


電車に数十分揺られてちょっと大きめのターミナル駅まで来た。繁華街に近づくにつれて、どんどん元気になって喋《しゃべ》り倒す優花とは対照的に、わたしの方は口数少なくなっていった。弱冷房車でも寒すぎだった。

駅舎を出た瞬間から肌にまとわりつく七月の暑気に、安心感を覚えたほどだ。手を引かれて彼女のお気に入りのブティックに到着するころにはまた冷房が恋しくなっているんだけど。

服を選んでくれるのは、まぁ、白状すれば助かるっちゃ助かる。

着たきり雀《すずめ》にならないためには本当なら自分で選ばなければならないし、わたしだっていろんな洋服を着てみたいのが本音だ。でもそのためにはお気に入りを見つけなければならない。明日にはなかったことになっているお気に入りを。同じ日を繰り返して毎回同じお気に入りを選べるほどには現実を諦《あきら》めきれない。

その点、お人形になるのは気が楽だ。

優花はお手軽格安女のくせにセンスは悪くないし、お仕着せられる分には愛着なんて無用の長物を後生大事に抱く必要もない。これほど都合のいい条件はそうそう転がっていない。

「ねえ綾ちゃん、このキャスケット可愛《かわい》いと思わない？」

優花が頭が一つすっぽりと収まってしまうサイズ感の帽子をこねくり回しながら、嬉《うれ》しそうな顔で持ってきた。クリーム色のそれを頭の中で彼女の姿に重ねると驚くほど良く似合った。

「そうね、よく似合うと思うわ」

「だよねー！　そう思って持ってきたんだー」

急に頭が重くなって視界が暗くなった。何をされたのかわからなかった。

「可愛い！」

もう……。

この心底緩《ゆる》みきった笑みを浮かべる従姉の好意に、ちょっとは応《こた》えてもいいと思ったことは一度や二度ではない。

彼女の愛は本物だし、だからこそわたしが形ばかりの愛情を示すことで応えたとしても、なんら問題なく連れ合えるだろう。偽物《にせもの》の愛で十分と、なりふり構わないところに、愛情のもっともらしさを感じてしまう。

でも、それに応じたとして、問題はその後だ。

記録上、人の寿命は一二〇年ほどだ。脳の限界は確実にこれより短い。わたしは実時間で十年以内にこの寿命の限界を超える。その先はどうなるのかわからない。意外とまともかもしれないし、名実ともに化け物かもしれない。人の寿命を超えた心が、人の精神をたもつ道理はない。ご存じの通り、わたしはもうすでにかなり人間離れしてるわけで。

そう考えたとき、長くて十年のわたしを選んだことを彼女に後悔させたくない。もっとまっとうな幸せを摑んで欲しい。これはわたしのわがままだけど、偽らざる本当の気持ちでもある。

「優花」

わたしはキャスケットを外し、背伸びして優花の頭を一撫《な》でした。

呆気《あっけ》に取られている彼女に、帽子を被《かぶ》せ、

「うん、可愛いわ」

ぜんぜん柄じゃないけど、褒めてあげる。

「あ、……雨だ」

「雨？」

なんのこっちゃ……。昨日も一昨日もその前も、ずっと晴れていた。雨なんてありえない。同じ日は繰り返しても天気は滅多《めった》なことでは変わらない。

「大雨が降るっ！　や、槍が降る！　あたしの綾ちゃんがおかしくなった！　バグだ!!　でも嬉しい!!」

「ちょ、ちょっと、静かにしなさいよ」

喜色満面の優花はどうみても壊れてる。ぴくぴくと痙攣《けいれん》までしていて正直めちゃくちゃ気持ち悪い。

不審者を黙らせながら決意する。もう二度と褒めてあげない。

その後も優花は懲《こ》りなかった。わたしのむくれっ面も意に介さず、いろんな服やら小物やらを持ってきてくれた。

「綾ちゃんこっちはどうかな」

「あんたが着——」

着てみればいいじゃない、と言おうとして口を噤《つぐ》んだ。優花が掲げるそれは、二十三の女が着るにはちょっと元気すぎるデザインのワンピース。可愛いんだけど、その、スカート丈とか肩のところとかがこころもとない。いわんや中身七十五の女には……。

　自分の過ごした歳を思い出したら気分が悪くなった。

　五年前初めて出会ったときはたったの三十歳差にも満たなかったのに、今や五十歳差、いやそれ以上。優花は大学生だったのが五年で大人の仲間入りをし、わたしは今も昔もダメな大人のまま。なかなかヘビーに鬱《うっ》る。

「えっ、何？　聞いてる？　聞こえてる？　綾ちゃんってば！」

「な、何よ？　聞いてないわよ」

　人がヘビウツってるときに話しかけないでよ。

「試着だってば。着てみてよ」

「え、やだ。恥ずかしい」

　それに残念ながらそんなに試着が必要な体型をしていない。汗をかく季節だし、汚せないし、なんてもごもごと渋るわたしと、是が非でも着せたい優花が押し問答をしているところに、

「ぜひ着てみてください」

　素敵な笑顔の店員さんが背後から現れた。見覚えのある店員さんだ。以前優花とこのお店に来た時にも彼女が接客してくれた。年頃《としごろ》が優花と同じくらいで、親しそうに話すところを見たこともある。はかったな……。

「ほら綾ちゃん、お言葉に甘えよう。おうちに帰って胸がきつかったら無念だよ」

くたばってしまえもう。

しぶしぶ袖《そで》を通してみると、スカート丈は別にふつうだった。膝《ひざ》が涼しいのはやっぱり落ち着かないけど。それより肩が、ノースリーブって憶えてたよりずっと寒い。

「よくお似合いですよ、妹さんでしたっけ？」

店員さんが優花に尋ねる。

「恋人です」

「従姉妹です」

寝言に返事しちゃいけないんだっけと思いつつも、この迷信で死んじゃったり夢から帰って来れなくなったりするのは睡眠中の相手だから、まぁいっかという気にもなる。……よくないか。

「結婚できるね！」

「できないわよ！」

まぁ法律もそのうち変わるだろうけど。

大学生の学生結婚ならばまだしも、高校在学中に結婚とかスキャンダラスすぎる。暇を持て余したご近所さまにどんなファンタジー創作されるか、わかったもんじゃない。それを気にするくらいなら本格ネグレクト状態を解消すべきなんだろうけど。

「着て行ったらどうかな？」

あ、買うのは決定事項なんだ。たしかにちょっと可愛いし、……あぁだめ。気に入ってはだめ。今日が採用されるかもわからないのに、軽率にお気に入りにしたら後で傷つく。

「着ていかないと荷物持ちしてる間にくんかくんかしちゃうかも」

「着ていきます」

「ありがとうございます。タグをお預かりしますね」

まぁ着替えた制服の方をくんかくんかされてしまったんだけども。もう消えてしまいたい。


タイル舗装された歩道はお昼真っ盛りなだけあって、道行く人々でごった返している。

制服の入った手提《てさ》げを片手に炎天下の街を歩くと、やはりというかなんか見られてる気がする。変なところ見えてないよね。自意識過剰になってるだけかもしれないけど。

「暑いしどこかに入りましょ」

優花はそうだね、と相槌《あいづち》を打って。

「映画とかどう？　ホラー映画見て涼もう」

「ホラーは昨日のあんたと見たわ」

ことあるごとに身体《からだ》を触ろうとしてきて最悪だった。

「くそぅ、昨日のあたしめ、綾ちゃんに抱きついてもらえるなんて羨《うらや》ましいぞ」

「抱きつくわけないでしょ」

映画はともかく映画館は涼しそうで魅力的な提案だ。だが甘い言葉には罠《わな》がある。ついていったら騙《だま》されるのが渡る世間。正直者が見るのは馬鹿《ばか》だけ。

「ホラーとスリラーとスパイとアクションとロマンスとファンタジーとSFとコメディとヒューマンドラマと怪獣アニメ任侠ウェスタン歴史冒険ミュージカルとそれからポルノ以外ならなんでもいいけど」

わたしは遠回しに映画は嫌だと言った。

「時代劇だね！」

即答だった。どんだけ映画見たいの……。

ご機嫌な優花は「にしし」と子供っぽく笑い、足取りも軽くぶんぶん手を振る。ヒトの手を握ったまま。ぶんぶんにつられて体幹ごと揺らされて、スカートの裾《すそ》が踊った。優花のマイペースには困ったものだ、とため息を一つ落としつつ、まぁ、わたしみたいなのと出かけてこんなにご機嫌になってくれるやつも滅多にいないだろうし、大目に見てあげよう。なんて思っていたら、突然のことだった。

「ねえあれ稲葉《いなば》ちゃんじゃない？」

「えっ？」

わたしは首が取れそうな勢いで振り返った。

車道を挟んで反対側、ドーナツのチェーン店の前を稲葉さんが歩いていた。さっき教室で別れたときの制服姿のままだった。

わたしは話しかけようか逡巡《しゅんじゅん》したけど、ここから呼びかけると大きな声で周囲の注目を集めてしまうし、だからといって駆け寄って『おっす』ってキャラでもない。だいいち車道は車が引っ切りなしに通行している天下の往来、信号が変わるまで待っていたら、稲葉さんは行ってしまうだろう。

あぁでも稲葉さん、気づいてくれないかな。すぐそこにいるのに、声も届かない。でも絶対に会わなきゃいけないってほど大げさな話じゃないし、だいいち用事もないし。と、わたしがこの上なく煮え切らない態度でいる間にも、彼女は遠ざかってしまう。

そんな内心を察してくれたわけではないのだろうけど。

「おーい、稲葉ちゃーん!!」

すぐ隣の優花が人目もはばからず叫んでいた。この二十三歳すごい。

稲葉さんが辺りを振り返る。声の主をきょろきょろ探し、やがて目が合う。

「おっす！」

従姉の笑顔がこれほどまぶしく見えた日は本当に久しぶり。信号が変わるのを待って、ゼブラ模様の橋を渡って反対側の歩道にたどり着くと、稲葉さんはにこやかに迎えてくれた。

「こんなとこで会うなんてすごい偶然だね！」

「そ、そうね」

わたしの胸中は焦燥のくすぶりで煤《すす》まみれになっていた。

いざ稲葉さんの眼前まで来てみるとこの格好が無性に恥ずかしくてたまらない。

「服かわいい！　相沢《あいざわ》さんっ、なんか、なんていうか……もうっ、持って帰りたい！」

「……あ、ありがと」

うう、見られた。

クラスメートにこんな似合わない格好を見られた。

よりにもよって稲葉さんに見られた。優花と手なんか繋《つな》いでそこそこ楽しそうに歩いているところを見られた。クールキャラを気取ってるわけじゃない。でも親を隠したがる中学生の気持ちってこんな感じなんだろう、きっと。

「ハァイ、稲葉ちゃん。どう、あたしの綾ちゃん。可愛いでしょー」

「こんにちは、優花さん」

気のせいだろうけど、バチィと小さく冷たい火花が散るのが聞こえた。

周囲の温度が一、二度下がったような気がする。そういえば二人がうちに来たときも、どことなくぎこちないときがあったような……。

だとするならわたしが二人の間を取り持たなきゃ。にわかに使命感が湧《わ》いてくる。

「ね、稲葉さん。わたしたちこれから甘いものでも食べようって話してたの。急いでなかったら一緒にどう？」

「えっ綾ちゃん甘いものむぐっ」

手を伸ばして優花の口をふさぐ。余計なこと言って邪魔なんかさせない。

「いいの？　優花さんと遊んでたんじゃないの？」

「全然気にしないで。稲葉さんと一緒にいると楽しいから」

返事を待たずわたしは二人の手を取って歩き始めた。うん、いい仕事した。今最高に輝いてる。

日陰のテラス席は緑色の風の通り道だった。さながら知る人ぞ知る隠れ家ちっく。

木目が美しい円形テーブルを三人で囲んでのお茶会は、ドーナツにまぶされた砂糖のような
華やかさ。甘くて、舌の上でとろけて、少しだけ角が残っている。

「綾ちゃんそれおいしそー。こっちと交換しよ」

「あ、相沢さん、私とも……」

にしても、どうしてドーナツ屋にしたんだろう。

そこだけはちょっと後悔。甘いものが得意ではないのだ。自分で作るならいいんだけど。い
くらでも好みの味に調整できるので。

テーブルにはいろとりどりのお菓子が所狭しと並ぶ。チョコレートもある。生クリームもあ
る。甘党なら文字通り垂涎《すいぜん》の席だろう。

　どうしても舌が甘ったるくて、ちびりとコーヒーを口に含んで中和した。

「二人ともわたしの分も食べて」

「綾ちゃん、甘味から逃げるな」

「相沢さん食べたかったんでしょっ」

　すごい食いつき方だ。忘れていたけど優花も女の子なわけで、稲葉さんに至っては言うまでもない。彼女たちの甘味に対する真剣さの度合いは太陽系随一の高さを誇る。まぁ女子は太陽系の中でも地球にしか生息していないのでこれは詭弁《きべん》なんだけど。

　気を使わせたくないから隠しておきたいんだけど、

「相沢さんもしかして、……甘いもの苦手？」

「ち、ちが」

　見透かされてしまった。慌てて否定《ひてい》しようとしてももう遅い。

「稲葉ちゃんよくわかったねぇ。綾ちゃんはおはぎと大福がたくさん脚の生えた虫より嫌いなんだよ」

「その言い方は誤解を招くからやめてちょうだい」

　余計な一言を口走った優花に、わたしは怨念を込めて優花を睨《にら》んだ。どこ吹く風だった。

　稲葉さんは首を傾げた。

「ん……なんかそれ、前から知ってた気がする。教えてくれたことあったっけ？」

「教えてないわ」

あの日は採用されなかった。稲葉さんのデジャヴに甘えるのはかんたんだけど、なかったことになった出来事は、わたしの中でもちゃんとなかったことにしておかないといけない。そうしないと消化不良を起こして、『採用』された一日がわからなくなる。思い出すのに時間がかかって、人間関係が壊れる。

「そっか。夢で見たのかな」

「夢にわたしが出てくるの？」

「うん。二日に一回くらい」

やけに具体的だった。

でも、夢に出るんだ。夢に出てくるくらい身近に感じてもらえてる。誰《だれ》かにここまで受け入れてもらえたのは初めてのことだ。

嬉しすぎて平静をよそおうのも大変なわたしをよそに、優花が思わぬ嚙《か》みつき方をした。

「……ん？　うちの綾ちゃんが夢に出てくるって？」

「そうですけど、何か？」

急に不穏な雰囲気になってきた。うちのってなんだ、猫か。冗談じゃない。

「二日に一回？」

「もっと多いかもしれないですね」

稲葉さんがにこやかにやり返す。こわい。

バチバチと季節外れの静電気が青白く二人の顔を照らした。表面上は午後のお茶会らしく穏やかに、しかし水面下では二日目のカレーよりもドロドロの感情を渦巻かせている。

「あたしでさえも週に一回くらいなのに！」

その自信どっから持ってきたと問い詰めたい気持ちでいっぱいになった。

「ちなみに夢に出てくる頻度はむぐっぐぐっ」

「ほら！　あーんして！　もちろんするわよねっ！」

わたしは優花の口にドーナツを力任せに突っ込んだ。

優花は一瞬だけ幸せそうな表情を覗《のぞ》かせたけど、みるみるうちに真《ま》っ赤《か》になったり真《ま》っ青《さお》になったり面白《おもしろ》い顔になった。

しばらく稲葉さんは目を白黒させていたけど、やがて驚くばかりだった表情にゆっくりと色がつき、少し恥ずかしそうにしながら、

「わ、私も……！　相沢さん、あーんって……して？」

などと言いながらフレンチクルーラーを口元に寄せてくる。張り合ってるのか知らないけど稲葉さんご乱心だ。

それは今まで食べたどんなお菓子よりも甘そうだった。そのうえ食べさせてもらうなんて、そんなの人前で大胆すぎるって思うし、でも差し出してくれる稲葉さんの照れくさそうな頬《ほお》

の赤みがわたしに逃走を許してくれないし……。

わたしは優花を黙らせたかっただけなのに、どうしてこんなことに。

「あ、あーん……」

意を決して口を開く。そろそろと稲葉さんの手と砂糖の甘い匂いが近づいてくる。身を乗り出した稲葉さんのほっそりした手首に目が釘付《くぎづ》けになって、――むぐっ、気を取られている間に前歯が柔らかい生地の表面に吸い込まれた。そのまま一口いただくと、稲葉さんの手の中のフレンチクルーラーにはねずみが齧《かじ》ったみたいな小さな跡が残った。

「どうかな？　おいしい？」

「………うん」

味はよくわからなかった。


『ちなみに夢に出てくる頻度は、相手が自分を想《おも》っている強さに比例する』

なんて古代のちょっとロマンチックな迷信を優花は引用しようとしたんだろうけど、そんなわけない。それじゃあまるでわたしが稲葉さんのこと好きすぎて夜ごとに肉体を抜け出して夢の世界で逢瀬してるみたいじゃん。

九月十五日A

二百日におよぶ夏休みが終わった。学校が始まって一番よかったのはもちろん稲葉さんと毎日会えること。夏休み中も稲葉さんとは十二回くらい遊んだけど、もちろん全然足りない。

夏休みが終わって二週間も経《た》つと次は文化祭が見えてくる。

各クラスのＨＲで出展内容を話し合って決めたり、友達同士や恋人同士で当日のプランを考える会話があちこちから聞こえてくる。恋人同士、生まれてこのかた恋など知らぬわたしだけど、仲睦まじくじゃれ合う二人を見かけるとさぞ甘いのだろうと微笑ましくなる。それくらいの機微はわかる。

まぁわたしは今年も当たり前のようにノープランなんだけど。

「あぁ綾香《あやか》、あなたはどうして綾香なの？」

学校全体がどこか浮ついた雰囲気で、つられたかのように朝一番から稲葉さんはテンションが高かった。

「たった一言、わたしを恋人だと言ってください。そうしたならもはや生まれ変わったも同然、綾香ではなくなるわ」

記憶の底から古典の一文を釣ってくる。

「おっはよ。このネタ乗ってくれるの相沢さんだけだよぅ」

他の人にも振ったんだ、このネタ……。朝っぱらからロミジュリごっこなんて、朝食にショートケーキを食べるようなものだ。糖分過多で、想像するだけで胸やけしてしまう。

実際、女子グループから「よーやるわー」の冷やかしの視線をもらってしまった。

「ご機嫌ね」

「えへへ、わかる？」

「……気持ち悪い」

「あっ、ちょっと、友達の話は真面目《まじめ》に聞く！」

「じゃあ、真面目に話したら？」

「えっとね。ラブレターもらっちゃった」

稲葉さんは桜色の唇を隠すようにして白い封筒を掲げた。頭の中が真っ白になった。わたしはこの青天の霹靂《へきれき》に瞠目するしかなかった。

ラブレタア、恋文、色文、艶書《えんしょ》、懸想文《けそうぶみ》……ってどんな文？ハイカラさんすぎてお婆《ばあ》ちゃんにはわからないねえ。一気に高校生のふりをするのがつらくなった。

「へ、へえ。古風な人もいるのね」

「昼休みに体育館裏に来てくださいだって、ベタだよねー」

無邪気に喜んでる稲葉さんには悪いけど、わたしには気がかりな点があった。

確か体育館は今、外壁の塗り直し工事中だったはずだ。重機を使ったりする工事ではないので立ち入り禁止にはなっていないし、来週の文化祭までには終わるので学校側も特に気を配ったりしていない。ただ単管パイプの足場が複雑に組み上げられ、作業員たちが頻繁に出入りをするので、体育館の周辺に本来期待できるはずの人払いはあまり期待できない。

「行くの？」

「迷ってるけどお断りするにせよ直接会わないといけないと思う」

「そう、気をつけてね」

平静を装った仮面の下では、色んな意味で気が気じゃなかった。


いつもは退屈すぎて永遠に思えるような授業だけど、今日だけはあっという間に昼休みがやってきた。教室には稲葉さんの影はない。わたしは一人でお弁当箱の蓋《ふた》を開けた。

一人でも平気だったはずなのに、入学してから半年いつも隣にいた人が今日は遠くて、でもそういう今日はこれまでもあったわけで、にもかかわらずなぜだか今日は無性に寂《さび》しさが募る。胸の中がぐちゃぐちゃでご飯を食べる気にもなれない。

もし稲葉さんが男の子とお付き合いすることになったら、明日からずっと一人なのかな。

ぼっち飯と指をさされるのは嫌だけど耐えられないほどじゃない。伊達《だて》に七十五年も生きてない。だけど稲葉さんが誰かのところへ行ってしまって、もう戻ってこないと思うとなかなかにしんどい気持ちになってくる。

心が揺れた。身体も揺れていた。視界がぐらぐらして気持ち悪い。また風邪……ひいたのかな。保健室に行った方がいいかもしれないと思ったところで、周囲にも困惑が広がっているのに気がついた。

「えっ、なに、地震？」『結構大きいね」

誰かが短く悲鳴を上げた。立ち尽くす者、しきりに周囲を窺《うかが》う者、扉を開けに走る者、掃除道具入れを押さえる者、机の下に避難する者、味のしない弁当を口に運ぶ者。最後のはわたしだ。

慌ててもいいことはない。平静をよそおいつつ胸中は大荒れ模様だった。最悪の想定の見本市をしていたわたしの頭の中に、新しい最悪が入荷された。

ガラガラと——嫌な予感ほど当たる——雷鳴めいた轟音《ごうおん》がガラス窓を震わせた。何か重たい物が大挙して崩れ落ちる音が外から聞こえてきたのだ。

「なんの音？」『こわっ、コレ大丈夫なんか？」

音は籠《こ》もったような感じでそんなに大きくないけど、ちょっと離れた場所だからだろう。はっきりと揺れが体感できるほどの地震と、聞き慣れない騒音が運んできた不安に、教室中が突沸する。

『ただ今の地震について現在、職員室で情報を集めています。生徒の皆さんは各自の教室で待機してください』

校内放送を受けてざわめきは加速する。

長い横揺れと、体育館の方角からの騒音。

「足場崩れたんじゃないの？」

誰かが冗談交じりに言ったその一言は、喧騒の中でひときわ浮いて聞こえた。その通りかもしれない。たとえ全壊ではないにせよ、天板の一枚でも落ちたのかもしれない。

体育館の工事足場、……えっ？

ところで稲葉さんは今どこにいるんだっけ？

考えるより先に椅子《いす》を蹴《け》って立ち上がった。お弁当を仕舞う余裕なんてない。校内放送？　教室で待機？　知ったことではない。一目散に出口から走り出て、脇目《わきめ》も振らず体育館を目指した。

『昼休みに体育館裏に来てくださいだって、ベタだよねー』

稲葉さんの無邪気な声が耳にこびりついている。

硬い床を蹴りながら、ひたすら前へ進む。無我夢中だった。

膝丈のスカートをバタバタさせて、廊下の角では二階の職員室から上がってきた教師の胸にぶつかって尻餅《しりもち》をつき、制止の声を振り切って、ごめんなさいと形ばかりの謝罪の言葉が廊下の空気を震わせるころには、脚は階段を一段飛ばしに駆け下りていく。

そしていよいよ体育館への渡り廊下がある二階にたどり着こうとしたとき、鈍くさく階段を踏み外して埃《ほこり》っぽい床に墜落した。反射的に出そうになった悲鳴は喉《のど》の奥で潰《つぶ》れて丸くなった。

床と衝突した痛みが落ち着くのを待つ時間も惜しくて、慌てて立ち上がろうとしたら全身が傾いた。足首を捻《ひね》っていたみたいで、激痛が脚全体を麻痺《まひ》させた。

「痛っ」

反射的に床で丸くなった。

こんなところでもたもたしている場合じゃないのに。今すぐ駆けつけて、稲葉さんの無事を確認しないと。

でも痺《しび》れた脚はなかなか回復しなくて、思わず天を仰《あお》ごうと顔を上げた、そのとき、

「大丈夫？」

稲葉さんと目が合った。手すりの向こうの大きなガラス窓から後光が差して、宗教画に描かれる天国のような神々しさだった。もしかしたら階段を落ちたとき、すでにわたしはこの世のものではなくなってしまったんじゃないかって。稲葉さんの形をとってお迎えが来たんじゃないかって、そんな空想をしてしまう。

「立てる？　保健室行こ。階段で走ったら危ないよ」

手を取って立たせてくれる。そのしぐさは見れば見るほどいつもの稲葉さんで、身体を寄せてきたときに鼻先に香った甘さはまぎれもなく現実で、わたしは胸をなでおろした。

そして、ほっとしたら全身からどっと力が抜けた。

せっかく立たせてもらったのに、また膝をついて、肩を落として、深く息を吐いた。よかった。本当に。誰に感謝をささげればいいのかわからないけど、心から感謝したい。

「え！　ちょっと、相沢さん？　もしかして頭打ったの？　だ、誰か!!　せんせー!!」

人気《ひとけ》のない廊下を、先の先まで稲葉さんの助けを呼ぶ声がこだました。


「好きなように使っていいよ」

稲葉さんの肩を借りて保健室に運ばれてきたわたしを、女性養護教諭は実に面倒くさそうに眺めた後、戸棚から湿布と包帯を取り出して机に放り出した。それからピンク色のポーチを片手に出ていった。消毒液の匂いに混じってタバコの臭いがした。不良養護教諭め……。

「それで……どうなったの？」

湿布を張って包帯を巻かれた右足首を凝視しながら、わたしは切り出した。こんなときに聞くべきことではないのかもしれないけど、どうしても確かめずにはいられなかった。

「今は足の怪我《けが》の方が大事だよ」

「怪我なんかより大事なことよ」

……わたしにとって。

起こったことはもう変えられない。ならこの九月一五日Aを糧にして、わたしにとっての『最悪』が採用される確率を少しでも下げるよう、明日から行動しなくてはならない。命に代えても告白を阻止する。

なんて腹黒い決意なんだろうかと我ながらどん引きしつつも半分くらい本気だ。

稲葉さんは冗談めかして言った。

「よく知らない人だよ。まずはお友達からでも、って言われたけど……」

「言われたけど？」

「あんまり見込みはないよって、言っておいた」

一刀両断だ。かわいそう。

「どうしてそこまで」

ほっとしたけど、『明日』の手紙は阻止する。

今日の昼休みに地震が起きて、体育館周辺が危険地帯になる事実を知ってしまったからには、稲葉さんを近づけるわけにはいかない。

「……親友と遊んでた方が楽しいし、ね」

顔を上げると、稲葉さんは顔をそむけて恥ずかしそうにしていた。嬉しい。自分がひどく単純な生き物になってしまったような気もするけれどかまうものか。自然と笑みが浮かんでしまう。

「ちょっと、笑わないで」

「ごめん、嬉しくってつい」

親友だと思ってるのがわたしだけじゃなくてよかった。

無敵の気分だった。たとえ今日が採用されなくたってかまわない。この気持ちまで嘘《うそ》になるわけじゃない。

「ねぇ、相沢さん。もしかして、心配してくれたの？」

「……違うわ」

膝の上に置いた手にギュッと力が入る。

「ふふ、ありがとね」

「ち、違うって」

「綾ちゃんは嘘つくとき手を握るから今度見とくといいよー、って優花さんが言ってた」

かーっと顔が熱くなるのを感じた。そっと、悟られないためにしてはあまりに儚《はかな》い試みと知りつつ、視線を落とすと小さな拳《こぶし》が真っ白になって膝の上に座っていた。

「べ、べつに」

嘘じゃないし……。

と言いかけてまた手をグーに握っている。

そんなに心理的に抵抗を覚える行いではないはずだ、わたしにとっての嘘は。

そんな真っ当なお人柄ではない。むしろ目的のためならなんでもする魔女だったはず。

「相沢さん！　文化祭一緒に回ろうね！」

無邪気な笑顔にわたしはこくこくと頷《うなず》くしかできなかった。テンパってバカになってしまった頭では、本当《うそ》の気持ちしか口にできそうになかったから。

九月十五日B

目覚めの瞬間にはすでに憂鬱《ゆううつ》だった。

昨日が始まったときに起こると決まっていたことは、今日も起こる。

今日も稲葉さんは恋文を受け取るだろうか。受け取るだろう。気まぐれで告白する人がいるとは思えない。長い時間をかけて固められた意志だろう。

昼休みの地震はほぼ間違いなく起こる。これまで同じ日付の中で天気が変わったことはない。天変地異はほとんどブレなくやってくる。長く見続ければ変わるかもしれないけど。

さながら北京《ペキン》の蝶《ちょう》の羽ばたきがニューヨークでハリケーンになるみたいに、天気が変わったり地震が起きたり起きなかったり、隕石《いんせき》が落ちてきたり落ちてこなかったりすることがあるかもしれない。けれどそうした天候や自然現象の変化を期待するには、二十四時間という繰り返しの周期はあまりにも短い。

手紙が稲葉さんの手に渡れば、律儀な稲葉さんは必ず直接会おうとする。体育館裏に足を運ぶ。

　昨日はたまたま無事だったが、この幸運をもう一度期待するほどわたしは能天気じゃない。同じように発生した事故で死んだり死ななかったりした人間を、子供のころから一回や二回じゃなく見てきた。それくらい人は偶然生きて、偶然死ぬ。

　この前だって危うく優花を失うところだった。あのときの喪失感がわたしの中に生々しくよみがえった。彼女を失うことをどれだけ心細く思ったか。彼女の運命をどれほど痛ましく思ったか。忘れることができない。

　稲葉さんが体育館裏を去るのが昨日より数分遅くなったら、そこはもう安全地帯ではないし、人間の行動が数分遅れるなんて、たとえば相手の男が来るのが数分遅れるとか——ざらにある話だ。少なくとも地震のような自然現象が遅れてくるよりはずっと起こりやすい。

　わたしは恋文を阻止するか、さもなくば地震を止めるしかない。身体を張っても地震を止められないからには、どちらを狙《ねら》うべきか選択の余地はない。

　だが、遅かった。

「相沢さん、相沢さん」

　稲葉さんは教室に着くやいなや、嬉しそうにわたしに報告してくれる。

　後ろ手に持ったさわやかカラーの封筒がすべてを語ってくれた。ナントカ君さぁ、男なら直接言えや、って黒い感情が渦を巻く。いや直接言うために頑張ってお手紙書いたんだろうけど。

「これなんでしょう」

「ふふ、稲葉さんからわたしへの恋文かな」

棒読み音声がへそから出た。

「ちがーう！　でも、ラブレターなんて生まれて初めてだよ」

女の子に生まれたからには一度はもらってみたかったんだ、なんて笑顔をキラキラさせてご機嫌な稲葉さんを見て、このときわたしは決意した。

「昼休みに体育館裏に来てください、だって。どう思う？」

「へ、へえ。古風な人もいるのね……」

一言一句違《たが》わず昨日と同じ言葉を返した。

せめて昨日と同じように稲葉さんが怪我なく午後を過ごせるよう願って、意図的にそうしたけど、トーンは間違いなく一段階低かった。がっかりだ。


がっかりだけど、見過ごすわけにはいかない。

『……親友と遊んでた方が楽しいし、ね』と彼女は言った。

親友、その響きを胸に心を奮い立たせ、朝のＨＲ時間、決意を実行に移す。

「じゃあＨＲ終わるぞ。今日も一日」

「先生」

手を挙げた生徒がいた。わたしです。教室中の注目を浴びて、背中がじっとりと嫌な汗で湿気る。本当に本当に、本当に不本意だけど行動するしかない。

入学以来、徹底的に受け身で稲葉さん中心の閉じた人間関係に引きこもって、クラスメートの大半とはほとんど話したことのないわたし。その稲葉さんにも話しかけられなければ会話しない。話題も稲葉さん任せ、笑えるくらい笑わない。

たまに話しても必要最低限。周囲と打ち解ける気はない、本以外何にも興味はない、そう思われている。たぶんそう、きっとそう。それがわたし。

「お、おう。なんだ」

そのわたしが、口を開く。

水を打ったようになった。誰もが息をのんでなりゆきを見守る。何を言い出すのか誰にも予想なんかできない。

あぁ、綾香、やめておきなさい。まだ二日目なのよ、何も確定的じゃない。予言なんかして、万が一外れたらどうするの。一歩間違わなくても電波少女。もしかしたらいじめられるかもしれない。高校生活はあと二年半ある。よしんば二年半なら耐えられるかもしれない。でもわたしには、その五倍、十二年半もあるのよ。引き返すなら今が最後の機会。なんでもないですと言って手を下げなさい。やめておきなさい……！

わずか一秒足らずの葛藤はたった一言の内なる声の前にかき消された。

――稲葉さんが死んでもいいの⁉

「よく聞いてください。今から言うことは事実です」

言葉を発した刹那《せつな》に足元から浮遊するような錯覚を覚えた。わたしは思い出していた。どの一日が『採用』されたか、わからなくなったころを。

ほかの誰も憶えてない日々を忘れられないわたしは、なかったことになった一日の記憶を見事に持て余した。世界中でたった一人取り残された孤独を埋めるために、わたしは両親に何度も何度も『昨日』の出来事を説明した。両親はうんざりした表情を隠さなかった。一人娘の妄想に付き合わされるのはうんざり。そのうんざり顔をなんとかかき消すためにわたしは『予言』を使った。まともに取り合って欲しいがために、わたししか知らない記憶を使った……。

「……今日の昼休み、大きな地震が起きます。震源は隣県東部、震度五です。体育館の外壁工事の足場は部分的に倒壊します。現場の作業員たちに伝えて付近を立ち入り禁止にしてください」

飲み込みやすいよう手短に、リアリティを添える情報を可能なかぎり詰めた。精一杯の努力がこれだった。こんなことなら昨日の夜から腹をくっておけばよかった。

かろうじて声は震えなかったと思う。

すぐ前の席で振り返っている、見上げる格好の稲葉さん。彼女の大きな瞳《ひとみ》から逃れるように視線を逸らした。

誰もが絶句していた。

　三秒、五秒、いやな沈黙が続く。

「相沢、先生は混乱している」

　担任教師は固い声で言った。

「事実です」

「……話は後でゆっくり聞くから、昼休みに職員室に来なさい」

　わたしの耳には「少し整理する時間をくれ」と言っているように聞こえた。これから半日かけて思春期の複雑すぎる精神状態をカウンセリングする涙ぐましい手立てを考えるのだろう。生徒想いのいい先生だ。

　担任教師が教室を出ていって、教室に意味のない愛想笑いを彷彿とさせる小さな笑いが広がった。

　誰もこの突飛すぎる事態になんの感想も抱けなかった。わたしはわずか数秒の呪文《じゅもん》で四十人近い人間の思考力を吹っ飛ばしてしまったというわけだ。

　わぁい稲葉さんより先に魔法使い。……嬉しくない。


　一時間目を終えた教室はパンドラの箱の底。今日最初の授業時間をたっぷり使って想像した『謎《なぞ》発言の真意～私の推理』発表会になっていた。

「ねえちょっと」「さっきのなにー」「えー、わかんなーい」「一夜漬けした小テストが……」「相沢さんってああいう人だったんだ」「稲葉ぁ、相方どうなってんの」

直接確かめる勇気なんて誰にもない。ただ遠巻きに眺めながらお気に入りの友人たちとおしゃべりのネタにするだけだ。

話題を独占禁止法。針のむしろ。むしろ殺して。

稲葉さんはどう思っただろうか。それだけが気がかりだった。

わたしはそそくさと教室を出た。午前の授業はもう全部サボってしまうつもりだった。どれだけ授業が退屈でも、どれほど繰り返される一日がつらくても、これまで逃げたことはなかった。逃げるのが癖《くせ》になる方が怖かった。でも、今だけは逃げる。前の席に座る、彼女の表情から。

授業の始まりを告げるチャイムが鳴った。

ひんやりとした北側の廊下を歩くのはわたし一人きり。

昼休みには地震が起きる。わたしは行儀よく座って待っているだけで自分の正しさを実証できる。けれど、ただ出席して座ってるだけの時間すらも今だけは耐えられない。

そう思って、もう義務教育じゃないんだと実感する。これが癖になったら高校は卒業できないだろうな。それでもいいかな。今までは普通を気取るために大半の十五歳がそうするように進学して勉強してきたけど、これでもう完全に道を踏み外した。いっそ清々《すがすが》しい。授業中の校内には、そんな解放感が漂っていた。

でも、このままふらふらしていて誰かに見つかっても言い訳が面倒だ。手ごろな空き教室に入った。誰もいない教室は閉め忘れたのか窓が開いていて、晩夏の陽射《ひざ》しがその下に短い日陰の領域を残している。

授業を受けないのに椅子に腰かけるのはなんとなく居心地が悪い。ハンカチを布いて窓の下の日陰に腰かけた。目を閉じて、一息つく。とりあえずお昼までは何も考えずゆっくりしよう。そう思った瞬間、声をかけられた。

「相沢さんっ」

教室の入り口に稲葉さんがいた。

ためらいのない足取りで近づいてくる。心臓が飛び跳ねる。いたずらを咎《とが》められたようなきまりの悪さ。責められるんだと思った。だけど声は聞きなれた響きで、近づいてくる表情は心配を語りかけてくる。

「稲葉さん……」

どうしたの？　授業始まるよ。――わたしは身構えたが、稲葉さんは無言のままだった。わたしがそう言われたくないことくらいお見通しだったし、わざわざ嫌われるためにあとを追いかけてくるなんて賢明でお利口な真似《まね》を彼女はしないから。

稲葉さんはわたしの隣に座り込んで、窓の下の冷たい壁に背中を預けた。わたしの右手と稲葉さんの左手が触れ合いそうなくらい近くにある。

「さっきの、おかしかったでしょう?」

間違っても視線など合わないように、反対側の床を見つめて、わたしは努めて冷たく突き放した。わかってる。稲葉さんはわたしを追いかけてきてくれた。変なやつだと思ってたら放っておく。

でも、合わせる顔がなかった。

こんなやり方しかできない自分が恥ずかしくてしょうがない。

カーテンが風に揺れて、教室の冷たい床に日陰と日なたとの不規則な境界線を形作る。そこに越えてはならない一線を見る。

「授業始まってるから教室に戻った方がいいわ」

彼女の優しさに甘えて、近づきすぎてはいけない。だってわたしは魔女だから。人間とは違う。同じ時間を生きていない。時としてまったく別の常識を振りかざす。

魔女だから、予言をした。してしまった。

しばらく口を閉ざしていた稲葉さんは、やがておずおずと口を開いた。

「……どうして、あんなこと言ったの?」

「……」

「私、知りたいよ」

すべての時間を一回だけ生きる人間が『予言』に抱く、当然の疑問だ。

わたしはわたししか憶えていない昨日の記憶を、今日をよりよく過ごすために使った。誰にも咎められることではないが、誰にも釈明できないことでもあった。それはわたしが孤独である理由。わたしが一種一個体の生物であるとはっきり自覚する根拠。

だから人間に説明するなら、人間にわかる言葉で伝えなくてはならない。

少しだけ思案して。

「デジャヴしたの」

「既視感《デジャヴ》？」

「そう。手紙で呼び出された体育館裏で、稲葉さんが足場の下敷きになる」

わたしは堂々と嘘をついた。

昨日はたまたま無事だったけど今日もそうとはかぎらない。だからすでにわたしの見た光景、恐れている未来を回避するにはこうするしかない。

「相沢さん、それ、嘘だよね」

「………どうして、そう思うの？」

「地震が起きるって相沢さんが言ったとき、デジャヴしなかった」

「デジャヴなんて、そんなの元々はっきりしてないでしょう」

「天気のことならはっきりわかるよ。地震も。前に言わなかった？　私は魔法使いになるって。信じてくれない？」

「信じてる、けど」

そんな言い方はずるい。

稲葉さんは一気に距離を詰めてきた。

「信じてるなら、どうして私だけに言ってくれなかったの？　地震が来るから体育館裏は危ないって」

そんなことしたら、わたしがやきもち妬《や》いてるみたいじゃん。

遠回しに告白を受けないでって言ってるみたいで。

「男の子から手紙もらったの気に入らなかった？」

一日だけを生きる人が合理によって導き出せる推論は、しかし驚くべき精度でわたしの胸中を言い当てた。心臓が痛いくらいどきどき鳴って、とても生きた心地がしない。

だから、

「どうしてそんな風に思うの？」

わたしはすっとぼけた。どれだけ白々しくとぼけることになっても、『はいそうです』なんて言えない。素直になんかなれない。今日を一〇〇回やり直しても無理だ。

「どうしてって……」

稲葉さんは困り果てた。耳の上がほんのり赤い。ごめん。

沈黙が下りて、先に一歩踏み出したのは稲葉さんだった。動けないままのわたしの方へ身体を寄せて、こわごわと切り出す。

「わかんないならさ、私たち」

ううん、わかるよ。

でもわからないふりをしないといけない。わかってしまったら……。

わかってしまった稲葉さんの提案は、あまりにも予想を飛び越えすぎていた。

「私たち、名前で呼び合おう」

「どうして」

今さら。

「だって私、……相沢さんのもっと近くにいたい。そしたらわかるよ」

きっと親友だから。

わたしたちはお互いをかけがえなく感じている。こんなわたしのどこを稲葉さんは気に入ってくれたか知らないけど、わたしにとっては念願の次の日も友人でいてくれる人だ。七十五年間生きていて、彼女だけだった。

「……未散《みちる》ちゃん？」

「恥ずかしすぎるし未散ちゃんは可愛すぎる……！」

そりゃ未散ちゃん実際可愛すぎるし。

「未散でいい！　未散って呼んで」

「わかったわ、未散。それでわたしのことはなんて呼んでくれるの？」

嫌な予感はあった。アイツがわたしの名前を気安そうに呼ぶところを見てた稲葉さん……未散の形容しがたい横顔が脳裏《のうり》をよぎったから。

「綾ちゃん」

嫌な顔を思い出してわたしはよろめいた。

「それは嫌。絶対イヤ。綾ちゃんだけはないわ。絶対に！」

「やっぱり優花さんは特別なの？」

すごい悲しい勘違いをしてる。

「特別に避けたい奴《やつ》ね」

優花は大切な人だけど、『特別な人』ではない。親代わりだけど親ではない。姉妹《しまい》でもない。友達とは全然違う。血縁上は従姉妹《いとこ》だけど、それだけでもない。仮に保護者じゃなくなっても、交流は続いて欲しいとも思うけど、やっぱり『特別な人』なんかじゃない。

「呼び捨てて。わたしも未散って呼ぶんだからそうするのがきっとフェアよ」

稲葉さん……じゃなくて未散は頷いて、真剣な表情をつくった。

閉め忘れられた窓から風が吹いて、ぶわっと大きくカーテンが膨らんで、わたしたちの頭上にたくさんの光が舞い降りた。交わし合った視線の間に、陽光を受けた塵埃《じんあい》がきらきらと輝く。

時間が止まったように錯覚する。きっと魔法だ。だって彼女は魔法使いになるらしいから。

「綾香」

「はい」

名前を呼ばれ、心臓が飛び跳ねる。顔が熱い。

未散はどんな顔をしているだろうか。俯《うつむ》いたところからこっそり盗み見れば、顔をそむけていて、髪の隙間《すきま》から覗く耳が赤い。

「は、恥ずかしいね」

「うん」

ちょっと恥ずかしいけど、全然嫌じゃない。


早朝の張りつめた温度をまだ少しだけ覚えている午前の生ぬるい空気と、遠くからかすかに聞こえてくる授業の声が、ここが想像の世界じゃない質感を与えてくれる。

結局わたしは未散をこちら側から追い払えなかった。風に揺れるカーテンが形作る境界線の内側から。

「未散に授業サボらせちゃった」

「綾香のいない席を気にしながら一時間座ってるくらいならこっちの方がいいよ」

さっそく名前で呼び合ってみたけど、確かにこれは一気に距離が縮まった気がする。他のクラスメートの前とかで露骨にやると変な誤解されそう。

しばらくわたしたちは空き教室で隣の体温の心地よさを味わっていた。右手に左手を預けられて。その心地よさに身を委《ゆだ》ねてしまいそうになるのをこらえて重い口を開いた。

「未散にやってもらわないといけないことがあるんだけど」

甘い雰囲気を余すところなく拭《ぬぐ》い去ってしまうかもしれない不安にかられながら、わたしは切り出した。人間一人の命がかかっている。

「手紙の呼び出しが体育館裏なら、その彼が危ないから」

あぁ、口に出して初めて気づけた……。デジャヴから親友の心配をするのはともかく、まったく知らない人にまで気を回すのは飛躍しすぎだ。変なやつだと思われても不思議じゃない。

「昼休みまでに」

フッてきて欲しいんだけど、と、どん引き必至のドス黒ワードが口を衝《つ》きそうになって慌てて口を噤んだ。わたしがなんと言おうか思案している間に未散は引き継いでくれた。

「そうだね。次の休み時間になったら行こう」

「信じてくれるの？」

「何を？」

キョトンとしていて、わたしの胸の内に不安があることなんか夢にも思わないのだろう。

「わたしの言ってること」

普通引くでしょ。

「だって地震来るんでしょ」

未散はわたしの手を握った
「もちろん、一緒に来てくれるよね」

「あ、当たり前でしょ」

それでもわたしには打ち明けるという考えは起こらなかった。この世界の構造を、余すところなく打ち明けようとは思えなかった。未散はわたしを信じてくれているのに、わたしは未散ほど彼女を信じていない。拒絶されるかもしれないという恐怖を拭い去れるほど信頼を置けなかった。

それがわたしの弱さだった。


幼い頃、わたしはわたしの能力と世界の秘密を両親に理解させるために予言を使った。

予言には細心の注意を払った。

誰かの気まぐれで変わりうるものじゃなくて、天気やテレビ番組のようなあらかじめ決まっているものに限定した。天気は当たった。当たり前だ。同じ日を繰り返したところで大気の状態が変わることはない。でもテレビは外れた。わたしは気づかなかったけど、生放送だったのだ。同じ日を繰り返す中で、人の脳内で起こる化学変化が毎回同じである保証はない。若いタレントの気まぐれにあっさり裏切られて、ますます両親はわたしの話をまともに聞かなくなった。

数多《あまた》の前日の記憶を裏付けるものは、翌日のどこにも存在しなかった。

すべてはわたしの妄想なのではないか、この仮説には軽々しく笑い飛ばせない現実味という重さがあった。断じて、認めるわけにはいかない客観的現実だけれども。

だから、妄想を振り切るために予言したのだ。

それは、決して幸せな結果を生まなかった。

今回も然《しか》り。

予言者、神がかりの巫女《みこ》、救世主《メシア》さま、ＮＡＳＡの超能力者、そして魔女。これらは午後からわたしに貼《は》られたレッテルの代表例だ。こっそり陰口しているつもりだろうけど、お生憎さまわたしは地獄耳だ。かすかに聞こえた音を完全な記憶の中で繰り返し精査できる。

それにしても『魔女』とは驚いた。「あいつ魔女みたいだな」誰かが言い始めた冗談は、枯れ草に火をつけたような勢いで広まった。大正解だ。よくぞ見抜いたと、褒めたいような気分にさえなった。

結果的には地震は起き、足場は倒壊し、そして稲葉さんはわたしと一緒にいた。

これから先の十二年半に暗いいじめの影が差す可能性はぐっと減った。

代償は大きかった。

ひそひそはクラスメートたちから広がり学年中に拡大されるだろう。今夜には赤の他人の食卓の話題にも登壇するだろうし、もし採用されれば『明日』には学校中に膨らむに違いない。噂《うわさ》の伝播《でんぱ》力はすごい。悪事千里を走る。もしかして、わたしだけの記憶を利用して、今日を快適に過ごすことは悪いことなのではないか。だからこそわたしは両親にも捨てられ、罪人が牢に繋がれて暮らすみたいな退屈な人生を強いられているのではないだろうか。

それは今まで一度たりとて考えもしなかった罪だった。今回の罰はひそひその刑だ。

わたしは予言者になり巫女になりメシアになりナサになり、魔女だけは元からだけど、とにかく超忙しい身分が与えられた。わたしの心はメシアじゃなくてメシャア（潰れる音）だっつの。

あぁ神さまお願い。次はきっともっとうまくやるので今日を採用しないでください。

次は未散をちゃんと信じて直接伝えて、誰にもそうとわからない形で誰も傷つかない二十三時五九分を目指し、次も未散と名前で呼び合う関係を作り上げるから今日を採用しないでください。

もちろん採用された。

九月十七日A

出る杭《くい》は打たれる。

出ない杭は腐る。

出過ぎた杭は抜かれる。

浮ついていると叩《たた》き潰されるのはいつものこと。もう慣れっこだ。

未散と名前で呼び合う一日を採用させることに成功した。もちろん物量作戦だ。九月十五日A以外のどの九月十五日が採用されてもそうなるように振る舞った。別に九月十五日Aが採用されても未散は安全なのでそれはそれで構わない。

まぁ過ぎた一日だ。

そして出来すぎた一日だ。

結果的に未散と名前で呼び合う一日が採用された。それによって微妙な関係とか感情の機微とかがどう変わったかはまだわからない。けど少なくとも今は手放しで喜んでいいはずだ。彼女に名前で呼ばれると気持ちが温かくなるから。

それで、優花と大喧嘩《けんか》になった。

「なにそれ！」

食器を洗いながら世間話をよそおって、恋文事件と地震と予言の話をし、それからなるべくさらりと未散と名前で呼び合うことになったいきさつを語った。たぶんわたしは自慢したかったのだ。わたしにも親友と呼べるような相手ができたことを。

「百歩譲って予言はいい。きみの自由だと思う。綾ちゃんが自分の個性をどう使って生きていくかは、綾ちゃんが決めることだから」

「当たり前のことをえらそうに……」

「でも稲葉ちゃんとの話は聞き捨てならない」

優花は鼻血の心配をしてしまうくらい顔を真っ赤にして噴火した。

「稲葉ちゃんと恋仲なんて許せるわけないでしょ！　わかってるでしょ、不幸になるよ、綾ちゃん。ダメダメ絶対反対します！」

「なんでよ！　というかまだ名前で、その、呼び合っただけで！　そもそも」

そもそも恋仲ってなんだよ……。話が暴走しすぎている。

「秒読み段階じゃん、綾ちゃんの話聞いてると。やだやだ。お姉ちゃんは断固反対します」

駄々っ子全開でこの二十三歳すごい。耳から煙が出る五秒前って感じ。

「だいたい綾ちゃん玉の輿に乗るんでしょ。稲葉ちゃんでいいの？　いやいや、そうじゃなくて、うちは恋愛禁止です。与太話は食《く》い扶持《ぶち》稼いでからにしてください」

御曹司を誑《たら》し込《こ》むと言ったこともあったけど、あんなの口から出まかせもいいとこだ。真に受けられても困る。そんなのは優花も当然わかっている話だったはずだ。

「なんであんたにそこまで言われなきゃなんないのよ」

いつものように呆《あき》れ混じりに牽制《けんせい》したつもりだったけど、わたしは優花の真意を量り損ねていた。

「綾ちゃんはわかってると思ってたけど。普通の人と綾ちゃんは常識を共有してないって。棲《す》む水が違うってわかっていたから、今まで誰かと親しくしようとしなかったんじゃないの？」

反論できなかった。

「稲葉ちゃんは理解者になってくれる？　きみの奇癖《きへき》を打ち明けられる？　普通の人付き合いもできないくせに、稲葉ちゃんに懸け橋になってください、ってお願いできる？」

だけど、そこまで言うか。

「奇癖って、何よ」

そこまで言われる筋合いは、……あるかもしれない。優花にはその資格がある。だけど言われたくない。優花がそこまで言ったということは、逃れようのない真実だからだ。

「奇癖でしょ！　きみだけが見たことがあって、誰もその中身がわからない。こういう認識をなんて言うか知ってる？　夢って言うんだよ！」

カッと頭に血が上ってわたしは叫んでいた。ついうっかりヒスった。

「夢じゃない！」

じり、と睨《にら》み合うも、わたしは自分の言葉に何一つ確証を与えられない。夢でない証拠など一個もない。今の優花は予言を使われたことがない。何回か試みたことはあったけど、そのどれもが採用されなかった。見事に全部なかったことになった。優花を説得するために切れるカードが一枚もない。

「わたしは夢なんかみない」

「……ということは夢がどんなものかも知らないわけでしょ。はっきり言って、きみの主張する『採用されなかった日』がそれなんじゃないの？」

冗談じゃない。起きてる時間よりも長い夢なんて聞いたことない。

けれど優花の言い分にわたしは反論できない。彼女を納得させる証拠がないし、予言して見せても『繰り返し』が『予知夢』に変わるだけだ。それが真実であっても矛盾も不都合もない。

そして何よりわたしは夢を見たことがないので、経験的にそれがどんなもので、採用されなかった一日とどう違うのか説明できない。

人が夢を見るのはレム睡眠と呼ばれる状態で、レム睡眠は一晩に五回ほど訪れる事実。

わたしが夢を見ないのと、繰り返す一日は平均五回である事実。

それらの不気味な一致がわたしを黙らせる。

「だってそうでしょ？　他人《ヒト》の夢の話なんか聞いても現実にはなんの意味もない。時間の無駄以外の何物でもない。だってそれは夢であって現実じゃないんだから。なんのつもりで、きみは何年もそんな作り話をするんだい？」

優花は長々と早口に詰問した。まるで考え抜かれたセリフを喋っているようで、セリフだとしたら舌が回りすぎていて役者失格といえるほどだった。

だからこそわたしは気づけた。

優花の長いセリフは、考え抜かれたもので、だとしたら彼女はずっと胸の内で温めていたことになる。言いたくても言えないまま、たぶん人間の時間感覚を持っていないわたしなんかにはわからないくらい、ずっと以前から抱え込んでいた。抱えたまま、陽気に笑いながらテーブルの向かいに座っていた。

「そんなこと考えながらわたしの話聞いてたの……？」

胸がズキリと痛んだ。

理解者なんて一人もいらないと思っていた。だけどこの従姉が理解者のふりをしていてくれたことに、わたしは少なからず救いを見出《みいだ》していた。

「あんたわたしがどんな子供だったか知ってるでしょ」

優花はその整った顔立ちに苦悩を乗せてくれた。おそらくわたしのために。

「知ってるよ。単に早熟というには賢すぎた。周りの人間は『未来が視《み》えてる』とか『人生二周目』とか無責任なことばかり言ってたね。きみの両親は面白がるように愛娘《まなむすめ》の全能ぶりを試した。そうだよね？」

幼い頃のわたしにとって、両親はすべてだった。親の期待に応えることでしか、わたしは自分を肯定できず、そのために全力で記憶力を活用した。しかし生まれ持った才能がもてはやされた時間はあまりにも短かった。両親はすぐに冷静さを取り戻し、わたしの記憶力を忌み嫌うようになった。人間という弱い生き物にとって、魔女の記憶力は猛毒にもひとしかった。

「じゃあどうして今になって作り話なんて言うのよ」

わたしの声にすがるような響きを感じ取ってしまったのだろう、優花は唇を噛《か》んで絞り出すように言った。

「あたしはただ、本当にきみが見てるものがなんなのか知りたかっただけ。少なくともきみの語るありのままは信じられない。受け入れたくない」

「…………」

言葉を返さないわたしに一瞥《いちべつ》だけ送って、優花は出て行った。自分の頬が濡《ぬ》れていることに気づいたのはそのあとで、泣き虫な自分を恨めしく思った。優花はまだまだ言いたいことがあったはずなのに。

思えば優花と喧嘩なんて初めてだ。

仲直りと呼ばれる儀式のやり方もわからない。もし今日の続きの明日があるなら、わたしはどんな顔をして彼女に向き合えばいいんだろうか。そもそも彼女はまたここに来てくれるだろうか。あぁ、未散のときとまったく同じだ。成長してない。

夢ならよかったのに、と思うけどわたしは夢を見ない。夢を見たことがない。これが初めての夢でもいい。とんでもない悪夢だけど。

願わくは今日が採用されないように、夢になるように祈って、その日も澄んだ眠りに落ちた。

九月十七日B

もし運命が存在するのなら、実際に起こったことはすべて必然として起こったのだろう。わたしは長い間、この世界が偶然ばかりが積み重なってできているところばかりを見てきた。カレンダーの上の日付が同じでも、人の営みは日ごとに異なっている。それだけ人間は気まぐれを繰り返して生きているんだと思っている。だから運命とは仮に存在するとしても、人の気まぐれ未満の儚《はかな》いものの積み重ねに違いない。

「以上よ。ちなみにこの話を聞いた昨日のあんたは怒り狂ってたわ」

本当は怒っただけじゃない。

もっと致命的な確執があった。

食後のコーヒーはいつもより苦み二割増で、震える手でカップを口まで運ぶ。口に多く含みすぎて舌を火傷《やけど》した。厄日だ。

「それは怒るだろうね。ああもう！　じゃあ今日のあたしは怒れないじゃん！」

「そうね。あんたが言いそうなことはもう知ってるし二回目はさすがに退屈だわ」

「わかってるつもりだよ。それで綾ちゃんは『昨日の』あたしと喧嘩してどう思ったのかな」

しばし黙考する。

「……」

そういえば、優花が知りたがったことってわたしのことばかりだ……。聞きたがるのも、話したがるのも、わたしのことばかり。昨日だけじゃなくいつも……。

たくさんの採用されなかった昨日の出来事を優花には話した。

フォトエッセイのネタ提供と思っていた。バカげてる。ネタになんかなるはずがない。わたし程度の人間の過ごした日々のどこに面白味《おもしろみ》があっただろうか。そんな劇的な毎日を送っていたとしたら、この心は今もなお十代の瑞々《みずみず》しさを保っていたはずだ。ところがどうだ、この諦念と達観、つまらない態度が周囲を遠ざける。わたしのどこが面白いというのか。なんてことだろう、つまり優花は最初からわたしのことが知りたかっただけなのだ。

わたしの話が聞きたかっただけ……。

「……ねえあんた、わたしの話、ほんとに面白いって思うの?」

「面白いよ。毎日聞いてても飽きない」

優花は紅茶に口をつけて微笑んだ。

――嘘だ。

直感した。優花はわたしが語る昨日の話なんかに興味はない。なかったことになった一日のことなんか知ったことではないはずだ。聞きたがっていたのは、それをわたしがどう思ったのか。つまり普通の人の『昨日見た夢の話』と大差はない。

もし優花が知りたいのが、本当にわたしの胸の内だけだったとしたら、それはもうべた惚《ほ》れなんて次元ではない。

「いつからなの？」

「綾ちゃん飛躍しすぎ」

「いつからわたしに惚れてんの、って聞いてるのよ！」

「なぁんだそんなことか。一目惚れって言ってんじゃん。えっなにこれ。もしかしてやっと受け入れてくれるってこと？　愛が通じた？」

ついていけない。こっちまでどうにかなってしまいそう……。

「十歳児を見初めるなんて、どうかしてるわ」

優花に初めて会ったのは今から五年前、つまりわたしの主観で二十五年前、わたしが『十歳』になる直前の冬、両親によって親戚の家に預けられたときだ。その親戚というのが優花の実家で、まだ高校生だった優花はわたしをよくかまってくれた。わたしは滞在中最後まで心を開かなかったけど、両親とうまくいっていない子に優しくしてあげる、よく出来た大人に見えた。

だけどそれは正確な見方ではなかった。こいつはあの頃から今日まで、ずっと下心で接していた。

「だってきみは人間なんかじゃないからね。十歳とか関係ないよ」

そうだ、わたしは人間じゃない。何度も考えた。人間とはまったく別の時間を生きる、別の生き物。今なおそう思っている。この力を悪用して人の心を傷つけたことだってある。

「この世は人間じゃない生き物に対して厳しいよ。そんなの当たり前じゃないか」

優花は駄々をこねる幼子に語って聞かせるように口を動かす。

「飼い主のいないワンちゃんは保健所に連れて行かれちゃうし、ふもとで食べ物を探すクマさんは猟師のオジちゃんたちに退治されちゃう。知ってるよね」

気持ちの悪い喩《たと》えだけど一欠けの真実性は宿っている。どういうかたちであれ、人間であれば生かしてもらえる。この世は人の世だから。一方で野生動物にその慈悲は及《およ》ばない。

「誰も守ってくれない。誰かに必要とされなくては生きていけないんだよ」

誰かのためになると受け取れるのがお金で、お金がないと生きていけないから。

「君は他人よりたくさんの時間を持っているね。一度でもそれを誰かのために役立てようと思ったことはあったかい？」

「あんたに色々教えてるじゃない……」

わかってる。優花の言いたいことはそうじゃない。

優花はわたしに、社会への貢献をしろと言っているのだ。同年代の子との共同作業から連帯感を経験したり、親孝行という最も身近な恩返しを通して共同体への参加意識を育てろと、それが大人になるための時間に必要な、人生を豊かにする学習だと、十五歳の相沢綾香に致命的に足りてないのはそれだと、そう言っている。

「そうだね。でもそんなどうでもいいようなことよりも、もっと役に立てたはずだよ」

「それはあんたの？」

「違う。世の中の多くの人の役に、だよ。世のため人のためになれれば、あたしの飼い猫なんかいつでもやめられる」

どうしてこんなやつに説教されてるのよ。すごく悔しい。そう思うけど、そう思えるのは彼女あってのことだ。わたしは彼女に生かされているにすぎないのだから。

「例えば数学。普通の人が新しい定理を見つけるのは雲を掴むような話だけど、きみにとっては現実的な話だ。何せ他人の五倍の持ち時間がある。勉強のしがいがあるんじゃない？　持ち時間といえばそうだね、囲碁とか将棋《しょうぎ》の専門家を目指してもいい。定跡《定跡》覚えるの得意でしょ」

記憶力を使って毎日の活動を効率化していることへのあてこすりだと思った。

「大事な対局で負けても五回に四回はなかったことになる。完璧《かんぺき》な記憶力を持っているんだから同じ負け方は絶対に二度としない。脳内に描く盤面はいつもクリア」

優花は遠くを見るような目をした。

「もしそうやって才能を活《い》かしていたなら、君が苦境に陥《おちい》ったとき、助けてくれる人もいるかもしれない。あたしの他にもね」

それからため息を一つ落として優しく微笑んだ。

「でもね、役に立つ必要なんかないいんだ」

優花の視線はぞっとするほど優しかった。ぞわぞわと寒気が足元から這《は》い上がってくる。

あまりにあまりな言い分には極《きわ》めつきの結論がついた。

「きみが人間らしさを望まないかぎり、今のままでいいんだよ」

優花は優しく微笑んだつもりなのかもしれないけど、思わず逃げ出したくなるくらいおぞましい嘲《あざけ》りに見えた。

「きみのかたる不思議な毎日を、誰も理解なんかできない。あたしだって正直なところ半信半疑なんだ。だって綾ちゃんの過ごした一日の証拠はなんにもないんだからね。それどころかきみ以外の全人類七〇億人は、一日を一日だけ過ごすきみの反証者だ。

でもいいんだよ。誰にも理解を求めず、同情を誘わず、及びもつかぬ不遇を嘆きもしないきみのくすんだ瞳が、たまらなく美しいんだから」

「最低の口説《くど》き文句ね。七十五年と二年半の人生で最低最悪の褒め言葉だわ。こんな老人を口説いてくれてどうもありがとう」

唾《つば》でも吐きかけてやりたい気分だった。

「老人なんてとんでもない。君は子供だよ。十代までのイージーな人生を何十年過ごしたところで大人にはなれない。誰かの庇護を失う二十代からの激動の二十年を生き抜いて初めて大人に、そのあと四十代からの親を喪《うしな》う決起の二十年間を耐え抜いて、それから初めて老人になるんだ。綾ちゃんはまだ、ただの強がってる子供だよ」

「何よそれ……七十五年も生きたのよ。……耐えたのよ」

「その七十五年で、友情が永遠でないと気づいた瞬間はあった？　自分よりも大切な誰かが小さな骨になってしまって、生の意味に疑問を抱いたことは？」

「あんた……誰よ」

目の前にいるのは昔からよく知った顔なのに、死に顔を拝んだことさえあるはずなのに、知らない誰かのように思えた。優花がわたしの怯《おび》えに気づいたかどうかはわからない。だけど彼女はわたしの問いに答えてはくれなかった。

「ねえ、綾ちゃん。……きみにとって人生とはただ退屈で耐えるだけのものなの？」

同じような毎日が続くのは、少なくとも興味を惹《ひ》くものではない。昨日と同じシーンばかりが延々と続くような日は確かに退屈だけど、退屈なだけではない。

「稲葉ちゃんと過ごす時間はきっと楽しんでるよね。かしこい綾ちゃんが気づかないはずないよね」

「……何をよ」

「どうして毎日を退屈だと感じているのに、稲葉ちゃんと過ごす時間は何度繰り返しても楽しい時間のままなのか」

妬いちゃうな、と彼女はつぶやいた。

だけど彼女の言わんとするところはわかった。誰のためにもならなくていいと言った口で、誰のためにもならない生活を退屈だと感じる理由を問《と》い質《ただ》してくれたから。

つまり……、それは、自分のためだけに生きているがゆえの退屈なのだ。

未散と一緒にいるときは、楽しい時間になるように気を使っているから、その正当な見返りとして楽しい時間を過ごせる。それは未散だけじゃなくて、優花も同じで、優花と過ごす時間をわたしは少なからず楽しむようにしていた。

「そろそろ聞かせてよ。あたしと喧嘩してどう思ったのか」

目を逸らした。素直になんかなれないけど、濁していい言葉でもない。

「どんなことでもあんたと喧嘩するなんて嫌よ。このままずっと仲違《なかたが》いしたらどうしようって思ったらとても怖かったわ」

たった一日だけ考えた結論がこれだ。

優花は満足そうにコーヒーカップの残りを飲み干した。

「そっかそか。でもそれは杞憂《きゆう》だな。あたしが綾ちゃんを嫌いになるわけないいんだから」

見かけこそ喧嘩の体でないものの、ダメージはむしろ今日の方が大きい。

昨日が鋭い刃物でばっさりやられたようなものだとすれば、今日は肉挽き器に巻き込まれたような気分だ。傷の断面は綺麗《きれい》なほど治療しやすい。そうじゃないなら、深く刻まれて抉《えぐ》られた傷なら、傷痕《きずあと》は醜く残る。

優花は意図してそれをやったのだと思う。無償の優しさと無限の包容力を携えている彼女は保護者として、いつまでも小さな子供のような自称老婆を諭してやらねば気が済まなかった。

間違いなく、二番底だった。

十月四日C

第三十回木野花《このはな》学園高校文化祭の当日は、からりと秋らしく晴れ渡るすばらしい天気になった。時折吹く風がとても心地よい。朝晩はちょっと肌寒いけど日中は過ごしやすくて、幸い体調も崩していない。

そんな追い風の中の文化祭を、約束してないけど、約束通り未散と一緒に回る。

文化祭中の飾りつけられた校内はさながら異世界で、未散は催しと見るや片っ端から飛び込んでいく。目につく端から、ほんと見境なしだ。

「綾香がこんなに勉強できるなんて、知ってたけど知らなかった」

生徒会主催の英単語コンテストを荒らした。わたしの英単語力は十万（辞書並み）です。一年生の優勝は初快挙らしい。普段はこんな大人げないことはしないんだけど、優花によればわたしなんかただの子供らしいので問題はないはず。別に怒ってないですけど。

「優勝したのにどうしてちょっと拗《す》ねてるの？」

「別に拗ねてないわ」

優花に言われたことが胸に残っていて、わたしはうまく切り替えられずにいた。そのせいで未散に気を使わせてしまって、やってることはまったくもって子供そのもので、けれど未散が気を使ってくれるのはやっぱり嬉しい。思わず頬がほころびかけるほど嬉しくて、やっぱり子供じゃん……。

「私と一緒だと、……楽しくないかな？」

だからぽつりと未散がつぶやいたとき、一瞬にして心の底から冷え切った。

慌てて彼女の顔を見返すと、いたずらっぽい光をたたえた瞳が待ち受けていた。

「心にも思ってないことを言わないで」

そっと胸をなでおろす。うまく隠せたと思う、たぶん。

未散がわたしを見捨てるわけがない。なんて考えてしまって、わたしはもうだめかもしれない。

手を握って、握り返されて、たった一日しかない楽しいお祭り。昨日も、その前もお祭りだったけど、わたしは一回たりとも手を抜かない。

「拗ねてるのも可愛いからいいんだけどねっ」

「可愛いわけない」

「ふへへへ」

弛緩《しかん》しきった彼女の笑みから逃れるようにそっぽを向いて、胸の高鳴りをごまかしながら、わたしは次の目的地へと意識を向ける。

「次はどこに行くのよ」

「手芸部に友達がいるんだけど」

「うん」

手芸部の出展は手作りアクセサリーの体験教室。その評判たるや、年度初めよりも文化祭当日の方が入部希望者が多いくらいだという。

「うわわっ……、綾香、器用すぎない？」

ミサンガを編みながら、未散がわたしの手元を覗き込んでくる。

聞き飽きたような言葉だ。未散と出会う前なら続きはいつも『気持ち悪い……』だったけど、

「もしかして、天才だから？」

未散だけがそう言ってくれる。

「うん、そう。天才だから」

昨日もその前も同じことをしているのだ。できないわけがない。同じことの繰り返しは、わたしが最も嫌うと同時に最も得意としていることでもある。

自分の作業が終わってしまって、手持ち無沙汰になってしまったわたしは未散の手元ばかり見ていた。細くて長い指と、ぴかぴかの爪。軽やかに動く指先を。

「楽しい？」

「うん。未散のミサンガ、すごく綺麗」

未散と一緒だから楽しめる。つらいことがあっても彼女が隣にいてくれるから耐えられる。

「ねえ、作ったミサンガ、よかったら交換しない？」

「いいけど……」

本当、わたしはもうだめだ。未散がいなくなったら死んでしまうかもしれない。

体験教室を出た後もまだまだ堪能する。未散の友人が出展している北館三階の隅の教室にあるイラスト部の展示を見て、発行された部誌の力作っぷりに感嘆の息を漏《も》らし、三年生のホラーマニアがプロデュースした怪談喫茶《きっさ》を堪能し、綿飴《あめ》のゲリラ配布に舌鼓を打った。わたしは何かから逃れるように日常に没頭した。生徒会の毒にも薬にもならない社会学研究発表を横目に体育館のメインステージに移動し、名作『走れメロス』の〝この日のための万全の稽古と神々の祝福を一身に受け光り輝く役者に支えられたまことスグレタ芝居〟に白け、午後の部の落語家のゲスト口演は毎日変わらず傑作だったけど、三回連続で同じネタなので少しつらい。

未散はわたしのため息を見逃さなかった。

「綾香？」

「ちょっと疲れただけだから」

「大丈夫？　休めるところ行こっか」

三回目の十月四日。三回目の文化祭だけど、この展開は初めて。

わたしは未散に手を取られ、少しふらつきながら立ち上がる。どこへ行くんだろう。

短くなった陽《ひ》が西へ傾くオレンジ色の廊下、どこかから聞こえてくる楽しそうな生徒たちの声、渡り廊下の窓から見える密《ひそ》やかな男女の影……、まさに青春の一ページの中を歩いていた。

やがて未散はイラスト部の展示室の中に戻ってわたしを導いた。

無人の部屋に午後の日差しが深く差し込んでいた。色とりどりのイラストが、夕陽《ゆうひ》の中で独特の色彩に輝いている。幻想的な光景。

「この時間になると、ここの人たちは部室に戻っちゃうんだ」

鑑賞席として部屋の隅に用意されたガーデンベンチに未散と二人腰を下ろす。

しばしの静寂が心地よい。外界から切り取られた穏やかな空気を壊したくなくて、わたしは口を噤《つぐ》んで隣に座って身じろぎ一つしない未散の体温を感じていた。

お互いの呼吸さえ感じられそうな静謐《せいひつ》、暖かで、安らぐ時間があって、この時間が永遠に続けばいいなんて、陳腐な言葉を思い出す。

けれどわたしは永遠に満足しない人間だろう。きっと退屈を覚えてしまう。だから未散が静かに口を開いたとき、ちょうどいい頃合《ころあ》いだと思った。

「よかった。最近の綾香、ちょっと元気なかったから」

「えっ」

未散はささめくように、静かに。

あの日、優花に叱《しか》られてからわたしの主観で二ヶ月半が経っていた。自分ではとっくに立ち直ったつもりだった。

「二週間くらい落ち込んでたよね？」

なるべく普段通りに振舞ってたつもりだったのに完全に見透かされてる。

「……うん」

あの日はなかったことになった。どちらも可能性のもくずに消えた。

何事もなかったかのように優花はもう何十回もうちに来ているし、そのたびにくだらない話をしたりセクハラしようとしてくるのを殴り返したりしてる。これまで通りだけど、胸に刺さった小さなとげが抜けない。

「でも、今日は楽しそうでよかった。安心した」

ねえ、未散、やさしくしないで。

わたしが本物の魔女だって知らないから、やさしくしてくれるんでしょう。

視界がにじんだ。きっと西日が眩しいからだ。誰かがじゃれあう声を遠くに聞いた。室内が静かすぎる。わたしが未散に返すべき言葉を返せないでいるから。

「泣いちゃだめだよ」

未散が肩を抱き寄せてきた。誰の？　決まってる。一人しかいない。

「綾香を泣かした人は許さないんだから」

――えっ、何これ……。壊れそうなくらい胸が痛い。嫌なの？　気持ち悪いの？　嫌じゃない。気持ちは……言葉にできない。言葉にしたら、引き返せない。

赤、顔が熱い。未散を正視できない。優花の先を急ぎすぎた見立ては正しかった。

「親友なんでしょ」

「ううん、親友じゃないといけないと思ってた」

違う。親友なんかじゃない。

本当の親友同士はお互いがそうだなんて無粋な確認をしない。

視界の端から盗み見た未散の耳も真っ赤だった。未散は今どんな表情をしているんだろうか。確かめるなら今しかない。今確かめれば永遠に思い出せる。

「人が来るかも」

「来ないよ。わざわざ貸切にしたんだもん」

未散の瞳がいじわるに輝いた気がした。心臓が一つ大きく跳ねた。

「さっきの綾香の顔、びっくりした」

「さっき？」

「私と一緒だと楽しくないかなって、言ったとき。冗談なのに、ショック受けてるのがすっごくよくわかって、綾香、いま余裕ないんだなぁって」

「そんなこと、ないわ」

未散の感傷的にうるんだ瞳と、瑞々しい唇が視神経を通じて頭の中をかき回す。言葉にならない情動が、胸の中でもがいている。未散、と心の中で呼ぶと、ほんのり胸が温かくなる。ただ一人、わたしを理解してくれる。そんな期待を抱かせてくれる。

「ねえ憶えてる？　初めて会った日のこと」

「……入学式の日ね。未散、遅刻寸前だったわね」

昨日のことのように思い出せる。それはこの記憶力がなかったとしても変わらないだろう。

未散は恥ずかしくないのかな、とは思わなかった。彼女の表情にも朱《しゅ》が差していたから。

「初めてお昼を一緒に食べたときのことは？　憶えてる？」

「未散はお弁当忘れてきたわね」

今思えば未散に昼食を渡すたびに距離が縮まっていった気さえする。

もはや明白なくせに少しでも心の準備を整えたい。そんな複雑な気持ちが、迂遠《うえん》なやりとりに姿を変えてわたしたちの間を行き来した。

「魔法使いだって打ち明けたときのこと、まだ憶えてる？」

「忘れるはずない。未《いま》だに手品も見せてもらってないけどね」

これから不思議な世界を見せてもらえる日は来るだろうか。

すぐに来るだろう、虫の知らせというか、直感している。

「……初めて、喧嘩したときのこと」

「……喧嘩にもならなかったわ」

あのとき張られた頰は今でも折に触れて痛むことがある。忘れられればいいのにと思うけど、最近は別に忘れなくてもいいかな、なんて割り切り方ができるようになった。

「学校では見せない綾香の表情」

「恥ずかしくて死にたかったわ」

未散のいろんな表情を見たいのと同じくらい、未散にわたしのいろんな表情を見て欲しいって思う。

あぁ、そっか。なんで優花じゃダメなのか、わかった。わたしはわたしの知らない優花の横顔がたくさんあることに気づいていて、それを知ることを恐れている。

でも未散は違う。

もっと知りたい。ずっと見ていたい。彼女の無邪気で大きな笑顔を見ていると心からそう思える。認めたら、わたしは意外なほど素直になっていた。

「名前で呼び合ったらどんな気持ちがした？」

「ドキドキしたわ」

彼女の名前を呼ぶと、彼女に名前を呼ばれると、無性に胸が騒ぐ。

「ねえ、今どんな気持ち？」

「未散と同じ気持ちよ、きっと」

それがきっと恋。頭が煮えそうだけど、このままどうなってしまっても構わないとすら思える向こう見ずな気持ち。間違うはずのない形をした気持ち。やわらかくて、あたたかい。

「……」

たっぷり一秒間だけの人生でいちばん長いキス。

「ふへへ、綾香の味がするね」

頬を染めた未散が溶けそうなくらい柔らかく微笑んだ。たぶんわたしも同じような表情をしているのだろう。

「どんな味よ……」

「おいしい」

バカなんじゃないか、と呆れない。わたしもバカになっていたから。

幸せだった。

他の言葉が何も見つからないくらい。

「なんか、前にも綾香とこうしていた気がする……」

それは、気のせいだ。

デジャヴじゃない。

彼女とキスをしたのはこの日が初めてで、今日じゃない今日もこんなことはしなかった。わたしの絶対の記憶が保証している。

「そっか」

「うん……」

ちらりと覗き見た未散の顔は夕陽に照らし出されて耳まで真っ赤になっていた。

心臓が割れそうなくらいどきどき鳴っている。

「ねぇ……もう一回しない？　だめ？」

わたしは欲張った。ある予感に突き動かされて。

「うん……、……んっ」

もう当分はこんな甘い口づけを味わうなんてできないだろう。

だから今は、ためらってはいけない。

十月四日C、こんな幸せな日が、採用されるはずなかった。

第四章　百万日間可能世界半周

あらかじめ述べておく。
今日、未散《みちる》は死ぬ。

十月五日A

かつてなく目覚めたくない朝がやってきた。

カーテンレールの戸車が日付が変わったことを教えていた。見慣れた十月四日の朝の位置からずれて、どこかの十月四日の夜に引いた場所に留まっている。

部屋に置いてある物の微妙な加減に注目すれば、どの昨日が現実になったのかわかる。

たとえばキッチンの蛇口の向き。

たとえば重ねられた書籍の並び順。

たとえば、とある『昨日』の夕方、通学鞄《かばん》を置いた場所。

十月四日Cは採用されなかった。心から望んだ一日が採用されない。たったそれだけの、とうに慣れたはずの悲劇が胸につかえて動けない。持て余した感情は涙腺からころりと落ちた。

たぶん、心のどこかで甘えていた。

運命なんて甘い夢を信じたかった。

身体《からだ》を起こしてもベッドから降りる気が起こらない。学校に行く支度《したく》を始めないといけないのに、座り込んだまま膝《ひざ》を濡《ぬ》らすしかできない。

こんなはずじゃなかった。

昨晩から、いやもっと前、十月四日Cが終わる前から覚悟していたのに。

たったの一回の現実が『採用』されるなんて都合のいい結果を期待してはいけなかった。『十月四日』は全部で六回あった。どうしてこの一回にかぎって六分の一なんて薄い当たりくじを引けるだろうか。

でも信じたかったのだ。あの甘い夢の続きがあると信じないと、十月四日Dから先の十月四日はあまりに味気なかった。

わたしは生まれて初めて学校をズル休みした。

退屈なものすべてを遠ざけていては、あっという間に進退きわまるのはわかっていた。だから繰り返される同じ日がどんなにつまらなくても、退屈すぎて耐えがたくても学校にだけは行くようにしていたのに、今はそれすらも嫌になった。

のこのこ登校して何も知らない未散の顔を見て、声を聞いて、もう一回傷つく？　冗談。内なる自分の問いかけは、わたしをもう一度布団《ふとん》の中に押し戻すには十分すぎる劇薬だった。

ドンドン、と出入り口のドアを叩《たた》く音がやけに籠《こ》もったように大きく聞こえた。

ここに来るのは優花くらいだし、寝るときはきちんと施錠してるので無視しても大丈夫だけど、こんな時間に訪れるなんていったいどういうつもりだろう。もしかして無断欠席したので学校から連絡が行ったのだろうか。訝《いぶか》しげに思い、顔を上げ目を擦る。まどろみの中から這《は》い出《で》る。枕元《まくらもと》のデジタル時計は十二時三十分。夢を見られないので、不意に眠りに落ちるとまるで時間が跳んだみたいな感覚になる。

コンコン、とまたドアが控えめにノックされる。最初大きく聞こえたのはたぶん半分眠っていたからだと一人納得しながら身を起こす。

姿見に映った自身はホラー映画みたいだった。目は半開きで泣き腫《は》れ、寝乱れたパジャマ姿もどこかふしだらで、おまけに髪まで跳ねまくってる。……二目と見られないひどいありさま。

こんな姿を見せたら百年の恋も冷めるだろう。

まぁどうせ優花だし、せめてもの悪あがきとして手櫛《てぐし》で軽く整えながら、ドアノブに手をかけた。高く上がった日の光が眩《まぶ》しい。

「何？　こんな時間に――」

眩しさに細めた目、狭くなった視界の中に、……シルエットが予想と違う。というか見間違うはずがない、未散だ。どうしてかわからないけど未散がいた。

ひゃくねんのこいも……。

「ひゃやああ」

ひっ、と驚いて「嫌ああ」が押しかけてきたので音が喉《のど》の奥で潰《つぶ》れて変な声が出た。こんな醜態見られるくらいなら死んだ方がましだ。恥ずかしい。しにたい。

「ご、ごめん。こんなに驚くとは思わなかったの」

「見ないで！　だ、だめ！　見ないでぇ」

半開きのドアのこっち側で頭を抱えてうずくまった。亀のように背中を丸めて少しでも未散の視線に晒《さら》されないようにむなしくもがんばった。

さながらこの部屋の入り口は黄泉比良坂《よもつひらさか》で、ならばこっち側は地獄でわたしは亡者だ。具体的には外見が。

「どうしたの？　やっぱり具合悪い？」

すぐ頭上で声がした。

見ないでと重ねて言いたかったけど全身余すところなくみすぼらしい女が、髪に顔を隠して「見るな……見るな……」はあまりにB級ホラー映画じみている。かと言って「出て行って！」も優花ならともかく未散にはかなり言いづらい。というか言えない。

「み、未散さん……、武士の情けだと思って見逃してください……」

意味不明。これが武士の命乞いかってくらい情けない。わたしは武士じゃないし、ほんと意味不明。

「ごめんね。先生に聞いても無断欠席だって言われちゃったから。……心配で」

未散はわたしの訴えをさらっと無視してするりと部屋に入ってきた。

情けなくて涙が出てきた。

なかったことになった日を悼《いた》んで――ううん、そんな綺麗《きれい》なもんじゃない――恨んで目の前の一日を蔑《ないがし》ろにして、友達を心配させてる自分が情けない。

「大丈夫。大丈夫だから。ちょっと寝坊しただけなのよ」

半ば観念したわたしは未散に背を向けたまま、すばやく手櫛で髪を整えたり頰《ほお》を擦って涙の跡を消そうとしてみたりして、それはもう涙ぐましい努力を尽くした。グーの形でほどけない手を不器用に動かした。

「綾香《あやか》は嘘《うそ》つきだからなぁ」

まったく未散の言う通り、こんな真っ赤《まか》な目で寝坊しただけって、説得力がないにもほどがある。小学生だって騙《だま》せない稚拙な嘘だ。

思わず苦笑して顔を上げると、そこには未散の心配そうな表情。それを目にして考えを改めた。……あぁ、わたしのすべきことは失った日を嘆くことじゃない。

「適当に座って待っててすぐに支度するわ」

今、手にしている幸福を握りしめて、離さないようにぎゅっと握りしめることだ。

部屋を出ると、外は小雨が降り始めていた。

じめっとしていて肌にまとわりつく感じがどこか気持ち悪い。

「ホントは何かあったんだよね。ごめんね、無理に連れ出しちゃって」

「いいのよ。未散が来てくれて嬉《うれ》しかったから」

あのまま部屋に閉じこもったままじゃ何日泣いても何も変わらない。なかったことになった一日を惜しむくらいなら、もう一度摑《つか》み取るために行動を起こすべきなのだ。

繫《つな》いだ左手がほんのり温かくて、それは求めたぬくもりがすぐそばにあるかのような希望をわたしに与えてくれた。

「ほんとに？　ムリしてない？」

「ちょっとしてる。でも未散に気を使わせる方がつらいわ」

また嘘をつきそうになったけど、今は手を繫いでる。すぐにバレてしまう。

「ううん。これはただの私のわがままだから」

「わがまま？」

「うん。綾香が学校にいないのはなんか嫌だなって思ったんだ」

どうして未散はこんなストレートに気持ちを伝えられるんだろう。

どうしてわたしはこの気持ちに素直になって伝えられないんだろう。

でも少し安心した。

見上げた未散の横顔が、きっとわたしと同じ色に染まっていたから。

すぐ脇《わき》の車道を乗用車が、猛スピードで水たまりの泥水を撥《は》ね上げながら駆け抜けていった。

せっかく傘を差してくれていた未散の努力虚しく、一瞬でわたしは濡れ鼠《ねずみ》になった。水気を吸った髪がたまらなく邪魔くさい。落ち込みゲージは最下限を振り切った。どんなときにも二番底があるのだと、この歳《とし》にして改めて思い知る。

落ち込んでいたわたしを現実に引き戻したのは未散の狼狽《うろた》えた声。

「ね、ねえ、綾香……！」

未散がわたしの腕を引っ張った。彼女の視線を追った先に、とんでもなく非現実的な光景が広がっていた。小雨が降って蒸し暑いなんて小さな不満は、弛緩《しかん》した空気ごと吹き飛んだ。

わたしに泥水を浴びせた暴走自動車が、前方に停車中のキャリアカーに道板を伝って乗り上げていく。しかもスピードはまったく落ちていない。あぁなんてこと！

車はそのまま道板を登り切り運転席にぶつかって左前照灯を粉々に割り散らしながら対向車線に落ちていった。

やってきた対向車が回避できるはずもなく、もちろん正面衝突した。――これは現実なの？

地鳴りと轟音《ごうおん》は通行人たちの悲鳴と重なって一帯を震わせ、わたしたちはなすすべなくその場に立ち尽くした。ただ繋いだ手を固く握りしめた。恐怖のあまり手を握る以外にできることが一つもなかった。

これだけでも十分大惨事だったけど、わたしたちにとって本当の悲劇はここからだった。

落下した方の車が爆発《ばくはつ》した。たぶん、燃料タンクに引火したのだろう。映画みたいな黒い爆炎が上がって反対側の歩道にいた人たちが地面になぎ倒される。爆風にあおられて、対向車線を走っていた後続車は制御を失った。蛇行しながら勢いそのまま、なんと、わたしたちに突っ込んできた。

ほとんど反射だった。

わたしは未散の手を引いて必死で飛びのいた。

それだけが、そのときわたしに許された対応のすべてだった。

車は路肩の段差に乗り上げ、歩道とを隔てるガードレールの隙間《すきま》を縫えず、歩道に半分ほど突っ込んだ形で電柱に衝突して停車した。哀れな電柱はひびだらけになって、真ん中から斜めに折れた。数本の電線が頼りなく吊《つ》り支えていたおかげで、かろうじて空中にあるかのような状態だ。さっきまでわたしたちの立っていた場所だったけど、わたしたちに戦慄《せんりつ》する時間は与えられなかった。

衝突と轟音と振動に目を瞑《つむ》った瞬間、衝撃がわたしの頭を殴りつけた。痛みはなかった。痛みを知覚する前に、多すぎる出来事が目の前を通り過ぎていた。そして何もかもが手遅れになっていた。そのすべてを、わたしは絶対の記憶力で思い出せる。

『何か』が直撃して飛びかけた意識の中、誰《だれ》かが――誰かなんて決まってる。未散がわたしを突き飛ばした。なんのためになどと考える必要はない。直感が教えてくれる。その場所が危険だったからだ。

あぁ、駄目……。

その直後にわたしのいた場所、未散のいる場所に、爆散したあの忌々しい暴走自動車のボンネット部分が、心理的に長くてその実とても短い滞空時間を終え、落ちてきた。

「未散っ！　未散……っ！」

わたしは半狂乱になりながら彼女の名を叫んだ。

でも、返事なんかあるはずがなかった。

彼女はもう返事を返す喉を持っていなかった。

高速で回転しながら空から降ってきたボンネットに全身をバラバラにされてしまっていたのだ。

慈悲深いのは神かボンネットか、その鈍く光る鋼鉄の身を挺《てい》して、酸鼻きわまる亡骸《なきがら》をわたしの両目から隠し、塗りつけられた鮮血でもって、彼女の身に取り返しのつかない悲劇が降りかかったことを、この上なく遠回しに教えてくれた。

わたしの両目を暗いものが覆《おお》った。なんだろう、触れた指先がぬるりとすべった。

頭の傷から流れ出たわたし自身の血液だった。文字通りわたしの視界は真っ暗というわけだ。

この極大の不幸の中にあって、唯一の救いだった。

おかげさまで未散の亡骸を見ずに済んだのだから。

目が見えれば一縷《いちる》の望みにすがって、未散の無事を確かめようとしただろう。それが永遠に記憶の中に残る覚悟も済ませないまま、その場かぎりの衝動に突き動かされて。

後から知ったことだが、わたしの頭に当たった何かとは、あの忌々しい乗用車のサイドミラーだった。綺麗な放物線を描いて飛んできたらしい。どうでもいいことだけど。

★

いっそ出会わなければよかった。

搬送された病院でずっと後悔していた。

今朝《けさ》もいつものように学校へ向かっていれば、わたしたちは何事もなく今日を終えられたに違いない。また明日も退屈だけど時々楽しい毎日が続くはずだった。——わたしが、あんなキスに固執しさえしなければ、未散はわたしの部屋に来ることもなかったし、今もまだ笑っていられたはずだった。

わたしは待合室の長椅子《ながいす》に座って、涙なんか出なかった。ただ震えるしかなかった。

どうして、あんなキスにこだわったのだろう。

どうして、わたしではなく未散が死んだのだろう。

どうして、こんな枷《かせ》だらけの人生の中で大切なものを見つけてしまったのだろう。

頭は四十針縫った。ミイラみたいに包帯でぐるぐる巻きにされた。わたしは呆然《ぼうぜん》として、ただされるがままだった。こんな現実は嘘だ。受け入れられない。

あぁ、早く明日が来ないかな。

明日になれば十月五日Bが始まる。もう一度未散に逢える。あのふわりと笑った顔が、柔らかい手の感触が、もう一度手の届く位置にくる。

わたしはあらためて己《おのれ》の持つ特権に感謝した。

優花のときと同じだ。あのときと同じように、またやればいい。少しでも最悪の『今日』が採用される確率が下がるように。自分に与えられた特権を最大限活用する。仮にそれがどれほどの大罪であっても知ったことではない。

そうして十月五日の夜を迎えるたび、わたしは祈るのだ。

どうか神さま、十月五日Aだけは、採用しないでください。

これから数日間ずっと祈り続けるだろう。

これから数夜、眠れぬ夜が続くのだろう。

十月六日A

だけど眠れぬ夜は一夜かぎりだった。

あれほど切望した十月五日Bは来なかった。

一回目の十月五日の翌日は一回目の十月六日だった。わたし以外の人々にとって当たり前の明日が訪れた。滅多《めった》にない一日しかない一日を、わたしは過ごしていたのだ。いつもより数日早くまだ見ぬ明日が来た。普段なら小躍りしたくなるくらい嬉しいイレギュラーも、今だけは恨めしくて奥歯を噛《か》みしめるしかない。

たった一回の十月五日。採用確定の一日。

涙は出なかった。

心のどこかでうすうす予想はしていた。

あの底意地の悪い運命が許してくれるはずがない。もう一度わたしを末散に逢わせるはずがない。半ば被害妄想に近い錯乱状態に陥《おちい》りながら、これまでのすべての不運を覚えているわたしは、このタイミングに最も相応《ふさわ》しいであろう災難を正確に予期していた。

嘆きはあった。

だが、言葉にならなかった。

一度叫び出せば喉が潰れるまで呪《のろ》わずにはいられないだろう。

一度呪い始めれば世界の終わりまで呪詛《じゅそ》を紡《つむ》ぎ続けるだろう。

なんの意味もない呪文《じゅもん》だ。魔法使いならぬ身のわたしの言葉はどこにも届かない。

そう、末散が死んでしまった事実を覆すには、魔法が必要だった。こんな現実は受け入れられない。現実を否定《ひてい》する呪文を探さなければ。

十時間に及《およ》ぶ思い起こしの暗中模索の末、わたしは七十五年分の記憶の中からたった一つ、魔法を見つけ出した。

☆

それは意外なほど近くにあった。

「呼んだかな」

その日の夕方、わたしは優花を呼び出した。呼ばなくても来る人間を呼び出すのは大体が非常事態で、その意味では間違いなく危機的といっていい状況だった。未散の死は逆立ちしても受け入れられない。わたしはそのことを示すために、未散のために行動し続ける必要に駆られていた。そう、あたかも、現在進行形で手を尽くしているのだから今なお手遅れではない、とでも思い込むために。

普段は気にならない優花の飄々《ひょうひょう》とした態度もわたしを大いに苛立《いらだ》たせた。

「あんた、魔法使いなんでしょ」

わたしは知っている。未散が教えてくれた。

この世界には魔法使いがいる。にわかには信じられないし、軽々しく他者に打ち明けることもままならないけど、確かに存在している。その前提に立ったとき、記憶の中の一つの超常現象が説明可能になる。

「……綾ちゃんが何言ってるのかお姉ちゃんわかんねー」

優花は首をひねってとぼけた声を上げた。ベッドに身を投げ出して子供っぽく膝をパタパタ振った。

「それより昨日この近所で大事故があったんだって。車が何台も巻き込まれた事故だって。知ってる?」

無視する。彼女の戯言も、抉《えぐ》られた胸の痛みも。

「わたし、あんたがこの繰り返しを相手にインチキしたのを知ってるのよ。それって魔法でしょう?」

わたしは彼女に覆いかぶさって思いっきり顔を寄せた。これから彼女を脅迫して従わせる上で、自分を大きく見せるにはこれしかない。

「これはなかなか、どきどきさせてくれるね」

「ふざけないで」

「あいにくとファンタジーは専門外なんだけど」

「いつだったか、そう、採用されなかった五月二十三日にあんたが死んだことがあったわ」

「朝一番に電話してくれたんでしょ。可愛《かわい》いなぁ、もう」

優花は、にひひ、と気持ち悪く笑う。

効果がないのはわかったのでわたしは身体を引き離した。

「ねえ、わたしが教えたから、あんたは死ぬはずだった一日を回避できた。そうでしょ」

優花は身を乗り出した。

「ちょっと待ってよ。あたしを神さまか何かと勘違いしてない？　まぁ何があってもなくても綾ちゃんのことが大好きな神さまみたいに都合のいい人間だけど、神さまじゃないんだから採用される日なんて選べないよ？」

「とぼけなくてもいいわ。あんた忘れたの？　わたしは何も忘れないのよ。もう気づいてるの。五月二十四日の朝、ありえないことが起きた」

あのときわたしは思った。

優花は強運だと。六回あった五月二十三日、そこに混ざり込んだ特級のハズレくじを、引いたらおしまいの突然死を回避したから。

でも違う。本当はそうじゃない。

「あの朝、わたしは自分の部屋で起きたのよ」

「情熱的な一夜は採用されなかった。うん、悲劇だねえ」

妙に芝居がかった調子で優花がコクコク頷《うなず》くのを無視して続ける。

「あんたが〝ちゃんと生き延びる〟ためには、わたしはあんたの部屋で目覚めるしかなかった。そうでしょ？」

五月二十三日は全部で六回あったが、展開は二つしかない。

その一。水瀬《みなせ》優花は古い友人に会うために出かけ、出先から従妹《いとこ》に電話をする。しかし従妹の家に向かう途中に交通事故に遭ってしまう。待ちくたびれた従妹は自室で眠りにつく。

その二。水瀬優花は出かける直前に日頃《ひごろ》面倒をみている従妹から謎《なぞ》の着信を受け取る。死を予告され、外出をドタキャンして従妹を招いてお泊まり会をする。

その一とその変化形が五回、その二が一回、全部で六回。これが五月二十三日の内訳だ。

「わたしは自分の部屋で翌朝を迎えたわ。なら、残念だけどあんたは死んでなきゃいけない」

厳然たる事実だけを整理するとそうなってしまう。

優花は興味深そうに首をひねった。

「今ここにいるあたしはゾンビかな？」

「もっとたちの悪い生き物かもね」

たとえば、魔女とか。

「あたしが来なかった日、あたしの死体を見たかい？　綾ちゃんが知らなかっただけで事故には遭わなかったのかもよ？」

もちろん最初はそう考えた。

自室で目覚めた朝、優花が死んでしまったのだと思った。電話をかけて声を聞いたとき、心の底から安堵《あんど》した。生きているのだからそれでいい。外出を止めることをしなかった日が採用されたけれど、わたしが何もしなくても事故には遭わない。そういう日もある。そう結論して考えるのをやめた。

「じゃあどうして、あんたはあの日、うちに来なかったの？」

わざわざ『今日はちょっと遅くなるよー』なんて電話までしたのだから、水瀬優花という人間は、あの日わたしの部屋に来たはずなのだ。まさか事故に遭って死んでしまうのでもないかぎりは。

「………」

優花の無言には力があった。

ここより先はヒトが立ち入ってはいけない領域になる。忘れえぬ呪いの魔女とて、ただではすまない。

だけどわたしは止まらない。わたしの後ろには未散の死がある。だから引き返せない。

「起こらなかった一日を『採用』したわね」

この世界では一日は繰り返し、何回繰り返すのかわからないけど、とにかく一日だけが『採用』されて過去になる。

どの一日が『採用』されるかは、翌日になるまでわからない。わからないけれどはっきりしていることはある。いずれにせよ『採用』されるのは繰り返しの中のどれかということだ。

優花はこの世界のルールを侵した。

ありもしない一日を『採用』した。この世界に『採用』させた。

どれほど強力な存在であればそんなことができるのか。世界一の大富豪にもできはしないだろう。

優花は表情という表情を隠し、じっとわたしを見つめること三秒……にやりと歯を光らせて。

「……名探偵だねえ、綾ちゃん」

認めた。

汗ばむのを感じながらこぶしを握りしめた。ここからだ。このくそ現実をひっくり返すために必要な大前提が今この部屋にいる。

彼女はわたしの同類……じゃないかもしれないけど、同種の人の道を踏み外した人間の外側にいる存在だ。

「採用されたくない事実を消すためにわたしの話が必要だったのね」

優花がわたしから毎日の出来事を聞く本当の目的は、まさしく人生の終わりのような、不都合な結果を確実に回避するため。

「あの五月ええと何日だっけ、の話はびっくりしたね。万一のための保険がちゃんと機能したのもそうだし、綾ちゃんがあんな風に取り乱してくれるのも嬉しい誤算だったよ」

平均五回繰り返す一日のうち、採用される一日を選べるならこれほど有利なことはない。それどころか、優花がやったのはそれを超えてる。起こらなかった可能性を『採用』した。ほとんど万能に近い。そう憶測を立てた瞬間に耳に入ってきた声はあっさりと万能を否定した。

「綾ちゃんが思ってるほど便利な力じゃないけどね。あたしの『魔法』は、ちょっとつぎはぎするだけ」

優花はもったいぶらずに自身の魔法のタネを明かした。それぞれの一日の事実関係を切り取って、いいとこどりをするだけ。いわば起こったことの寄せ集めで、起こらなかったことを起こすことはできない。

「綾ちゃんがあたしの生存日を作ってくれなかったら、正真正銘あそこでおしまいだったんだ。じゃ、命の恩人の名探偵にご褒美をあげようか。昨日に戻るかい？」

それは待望であり望外の台詞《せりふ》だった。

何を犠牲に差し出しても吐かせたい言葉を優花はあっさり口にした。

「そんなことできるの？」

「今日をぶち切りにして、昨日に繋ぐんだ」

「信じられない……」

「この世には不思議がいっぱいあるんだよぉ。綾ちゃんは自分の特権を『忘れないこと』だと思ってるから、これまでこの世の中になんの不思議もないと思って生きてこれたけどね」

自分だけが忘れないのは十分不思議だと思っていたけど。

「違うの？」

「違うね。きみは記憶をなんだと思っているんだい？」

「追体験でしょ。過去の」

わたしたち人間は過去を思い出すとき、文章でも映像でもなく感覚を想起する。だからこそ価値観の変容によって経験の正味が改竄《かいざん》され、時として史実と相反したりする。

優花は大きくため息をついて首を横に振った。

「全然違うよ。本来の人間の記憶ってのは、八割近い視覚情報と、一割ちょっとの聴覚情報と、その他の有象無象の感覚に占められる、言語化されていない情報でしょ。ここまではいい？」

「正確には、言語は索引《インデックス》の役割だけど」

優花は満足げに頷いて続けた。

「あたしたちは言葉をカギにしてものを思い出す。これを陳述的記憶といって、言葉にして細部を切り落とさないと、人は大量の情報を脳というよく発達した割には不便な器官に保持できない。実際人は忘れるしね。お釈迦様《しゃかさま》に説法だったかな」

「まったくもって。つまり何が言いたいの」

「きみは違う。そもそも忘れない。言葉なんてカギもいらない。どうしてか、それは今、綾ちゃんが自分で言ったとおり、綾ちゃんの記憶は追体験だから。

きみの記憶の本質は『経験した過去を観測し直すこと』だよ。本のページを戻るみたいにね。人間の記憶力とは別物、別次元。考えても見てよ。人間の目には焦点《ピント》っていう限界がある。見えてるものすべてが記憶に残るわけじゃない。視界の中にあっても端っこの方とか意識しないと見えないでしょ」

理知ぶって語る姿はとてもいつもの優花と同じ人間には見えないけど、そう言われて意識すれば彼女の言う通り。

視界の隅を見ようとすれば中央がおろそかになる。逆もまた然《しか》り。これは人間の眼球の構造的な性質だ。

「でも綾ちゃんは目を閉じて思い出そうとすればなんでもわかる。たとえその時点では見えていなかったモノでも、何度でも記憶の中で見直すことができる。『追体験』なんて見当違いの認識が何よりの証拠だよ。記憶力なんかおまけで、もっと別の異次元じみた超能力だよ。忘れない、なんてつまらない副作用のいっこだね」

今まで意識していなかった事実に、慄然《りつぜん》とする。喉の奥に冷たい液体が満ちるような不快感で溺《おぼ》れそうだ。足元がぐらぐらするのを感じた。記憶力の特殊性と信じていたのが、その実『観測』のやり直し特権だなんて。

いや問題はそこじゃない。

「たとえそうだったとして、どうやって昨日をやり直すのよ。もう『採用』されちゃってるのよ」

「魔法使いってのは、見えてるならたどり着ける生き物なんだよ。綾ちゃんっていう最高性能の望遠鏡があるなら、『昨日』がどこにあるかすぐわかる。つぎはぎするのもかんたん」

夢みたいな状況だ。昨日をリトライして、末散を失った一日をなかったことにできるかもしれない。

「もう始まっちゃってる十月六日Aはどうするのよ」

「こんな一日どうでもいいでしょ」

優花はさらっと吐き捨てた。全面同意だ。未散がいなくなってしまった一日なんて知ったことではない。野となれ山となれだ。

「そんなものなかったことにしてしまえばいい」

『魔法使い』水瀬優花は高らかに謡《うた》う。

「採用しないよ。『今日』は採用しない。魔法使いたるあたしがあらかじめ宣言する。だから今日ここでした会話もこれから起こることも、今日が終わるころには全部なかったことになる。残りの今日の間、何をしてもいいんだよ、綾香」

淫靡《いんび》に笑うその横顔はまるで悪魔みたいでひそかに恐怖に震えた。いや、実際悪魔なのだ。この女は内に悪魔を飼い馴《な》らす魔女なのだ。

躊躇《ためら》うかって？　まさか。魂を取られたってかまわない。どんな手を使ってでも必ず未散を救う。

「さぁどうする？　残った時間でミチルを助ける方法を考える？　それとも人殺しに挑戦してみる？　滅多にできない体験ができるよ。それとも、お姉さんとちょっとえっちなことでもしてみるかい？　うんそれがいいね、あたしにもそれくらいの役得があってもいいはずだよ、うん」

「何言ってるのよ」

未散のいない世界に用はない。

「今すぐ戻るに決まってるわ」

わたしは台所まで一足飛びに移り、包丁を手に取り、握りしめ、固く目を瞑って刃先を見つめた。本能的な恐怖が殺到したけどそれで鈍るほどやわな覚悟の固め方はしていない。

「綾ちゃーん。なかなかにキレたアイディアだけど、本当にそれでいいの？」

夢を見ないわたしは、意識がなくなれば次に目覚めた瞬間まで跳んだ錯覚を味わえる。躊躇いはない。目を閉じて喉に突き立てた。頸動脈を掻《か》き切った。誤って手を切ってしまった程度の痛み。死ぬ時はもっと、そうたとえるなら生きながらにして焼かれるみたいな苦痛があると思っていたので、文字通り死ぬほど拍子抜けした。

よかった、これなら何度でも死ねるわ。

安堵するわたしにできた裂け目から生命が流れ出していく。

何が楽しいんだか、優花は人らしさとは無縁の笑みを浮かべていた。

「あーあ。綾ちゃん、……この先どんなつらい目に遭ったとしても、死ぬこともできないって実証しちゃったね」

十月五日B

絡《から》みついた上下のまつげを引きはがすみたいな強引な目覚めだった。

頭が痛い。身体が重い。気づくとベッドの中に落ちていた。

時間の感覚が完全に欠落していた。

昨日は何時に寝たんだっけ。そんなかんたんなこともわからない。寝返りで毛布の角に頭をぶつけて記憶喪失、なんてバカな空想をもてあそぶ。最後に取った行動を思い出せない。

完全な記憶力を持つわたしにとって、こんなのは人生で初めての体験だった。目が回る。ここがベッドの中で助かった。落ち着いて、目を閉じて、ゆっくりと整理する。

思い出せないのと忘れてしまうのは別物なのだから——。

だから思い出せる出来事を思い出す。わたしは唇に手を当て、最初で最後のキスの感触を思い出していた。

キスをして、——手を繋いで教室に戻って、校門前で手を振って別れて、——十月五日の朝を迎え、わたしはファーストキスの一日を失ったと知った。それから……。

わたしの狭い脳裏《のうり》に一日分の出来事が走馬灯を見るようによみがえる。

それから、それから…………、未散は死んでしまった。

わたしは現実を否定する魔法を見つけ出し、優花を呼び出して悲願を叶《かな》えてもらった。二回目の十月五日を手に入れた。

布団を捲《めく》り上げて起きる。カーテンを開ける。そこに千載一遇の一日が始まっていると信じて。鈍色の光がわたしを出迎えてくれた。……雨が降っていた。

朝はまだ降り始めていなかったはず。天気まで変わるなんて初めてだ。無理やり二日目の十月五日を始めたからだろうか。やはり今日は特別なんだ。なんて、まだ寝ぼけているのか、わたしは。

体温がすっと下がるのを感じた。今まで天気が変わった日なんて一日だってなかった。あんなささやかな魔法で天気まで変わってたまるものか。

嫌な予感に突き動かされて、ほとんど反射神経で枕元の時計を振り返る。十三時〇一分。完全に寝過ごしてる。鎖骨の上が冷たくなって息苦しさを覚えた。不愉快な脳内物質がどばどば垂れ流しになって吐きそうになるけど胃の中には何もない。

手遅れ、の一語が心臓と脳みそを行ったり来たりする。

前回のこの時間、わたしはどこで何してた……？

思い出したくもない。わたしは、事故現場で血だらけになって泣き叫んでいた。

バン、という乱暴に開け放たれた戸の音を聞く耳は、とっくに門扉の向こう側で、ローファーを爪先《つまさき》に引っかけたまま走り出した脚はもつれて今にも転びそうになっている。すれ違う通行人がみな振り返る。一人残らず振り返る。

息を切らせて、通い慣れた通学路を走る。

今日未散がどれくらいの確率でわたしの部屋を訪れるのかはわからないけれど、もし来ていたのだとしたら今まさしく学校へと引き返す途上で、あの凄惨《せいさん》な事故現場に鉢合わせてしまってもおかしくはない。いや運命なんてものがあるならそうなるはずで、そうだとしたらわたしは致命的な寝過ごしによって、せっかく摑んだ値千金の好機を失う。

そうして進んでいくとだんだんと周囲にきな臭さが立ち込める。雨が降っているというのに空気は埃《ほこり》っぽくて、嫌な感じのざわめきに震えている。濛々《もうもう》と黒い煙を上げる乗用車が視界に入ってきた。

戦場のような多重事故現場。

ガソリンの悪臭が立ち込め、細かいガラス片がまき散らされた終末の景色。警察もまだ到着していないらしく、規制線は張られていない。にもかかわらず群衆は遠巻きに見守っている。阻《はば》まれずとも、この場所の危険性を察知しているのだ。

安全と危険を分ける不可視の境界線を踏み越えていく。通行人の一人の制止する声が聞こえたが無視する。当たり前だ。肩を摑むべく伸びてきた手を躱《かわ》して駆け出す。

「未散！」

髪を振って未散の不在を確かめるその行いが、わたしにそれを見つけさせる。

横転した乗用車の向こう側。靴の脱げた足が見える。女の人の細い足先だ。誰かが倒れている。……確かめないと。

怖くなんかない。

漏《も》れ出たガソリンのたまりを遠巻きにして慎重に避け、炎上する乗用車から竜巻のように吹き上がる煤《すす》に視界をにじませながら、彼女の無事を確かめた。

「う……ぅ」

生きてる。

彼女――未散ではない、運転席から這い出たのであろう、優花より少し年上に見える女性は、外れかかったドアの横で、額から血を流してうめいていた。

巻き込まれたのが未散ではないのを確かめた安堵が一瞬、未散でないなら見捨ててしまおうか、そんな逡巡《しゅんじゅん》にさらに一瞬を重ね、わたしはためらいがちに彼女に近づき意識を確かめる。

「大丈夫ですか？　意識はありますか？」

「……っ」

小さく頷いたのを見逃さず、わたしは彼女に肩を貸す。ぐったりと力をなくした自分より重い人を支えるのは初めての経験で、よろけながら安全地帯を目指すその一歩目。

「綾香!!　すぐに離れて!!」

遠く群衆の最前列、青ざめた顔で未散が叫んでいた。

未散が……、生きてる。無事でよかった。涙が出そうになる。

あとは十数メートルを踏破するだけ。かんたんなハッピーエンドでしょ。

「綾香!!」

必死の形相で未散が駆け寄ってくる。

何をそんなに急いでいるの?

時間がスローモーションになって引き延ばされる。

あと数センチで手が届く。もう一度触れ合える。

あ、手伝ってくれるの? ——なんてまぬけな見当違い。

声が出ない。全身に力を入れて、火の粉が目にかかって、背中が熱くて……。手を伸ばす。

中空を泳いだ手の、指先が触れ合う。

「ダメ! 伏せて綾」

悲鳴混じりの未散の声は轟音にかき消されて最後までは耳に届かなかった。

背中が熱くて、どうして熱いんだろうと考える間もなく、未散の声を最後にわたしの意識は途絶えた。なぜって、わたしは死んだのだから。

直前まで考えていた甘い考えごとガソリン爆発に全身を吹っ飛ばされて爆死したんだ。

なんて頼りになる救出者!

でも、大丈夫。きっとまたやり直せる。

わたしが死ぬ一日は絶対に採用されないんだから。

十月五日C

飛び起きる。

カーテンの戸車は十月五日の位置。時刻を確認する。午前六時前。

よかった。今回はまだ少し余裕がある。

わたしはまだ間に合う。変えられる。

本当に……？

間に合うかもしれない。でも、変えられるの？

わたしは知っている。この世界は繰り返している。同じ日付を何度も繰り返して、一日だけが採用されて過去になる。繰り返しの中で、人々は気まぐれに行動を変えたり変えなかったりする。展開は毎回違う。地震や天候といった自然現象や愛の告白みたいな、前もって準備されていたイベントを除いて。

ぞくりと、背筋を悪寒が駆け上がる。

この世には変えられない出来事がある。

過去二回の未散の死は両方とも事故だった。事故なら変えられる。偶然の出来事ならわたしにも介入する余地がある。

でももし、変えられないとしたら。この国で交通事故に遭遇する確率は、一人一日あたり〇・〇〇一一パーセント。一生は長いからチリツモでいつかは巻き込まれてもおかしくなくなるけど、逆にこの確率で二日連続となると〇・〇〇〇〇〇〇一三パーセント。八十億分の一。これは一等の宝くじが当選する確率よりずっと低い。

単に不幸な偶然と解釈していいの？　それとも……。

三回目の十月五日。懸念《けねん》は現実になった。

学校が終わって、校門の前で別れて、しばらくしてわたしは救急車とすれ違った。虫の知らせを聞くまでもなく最悪の想像が頭の中を暴れ回った。すぐにわたしは踵《きびす》を返して未散の使う駅に走った。もし何も確かめないまま明日を迎えてしまったら、どうしようもなく手遅れになる。奇跡は二度訪れない。

そうしてたどり着いた駅前には見慣れた鞄だけがあった。半開きの口から中身が散乱していて、彼女の持ち物をばらまいていた。

ひどく動揺していたけど、とにかくまだ未散の不幸が確定したわけじゃない。災難だけど、最悪じゃない、まだ。そうやって必死に自分を騙《だま》しながら、優花に連絡をつけた。

急いで病院に駆けつけると、未散のお母さまが長椅子の端に座って呆然としていた。わたしは未散の鞄を抱きながら自分の立場を明かして一緒に待たせてもらった。

「綾ちゃん、信じるんだ。気を強くもって」

優花の言葉を上の空で聞いた。

長い時間が経《た》った。

とても長い時間祈った。

太陽は西へ傾《かたむ》き、病棟の向こうへ沈み、紫色の帳《とばり》が下り、星の光が届かない夜の底で再び未散の死を知った。ああ、信じていたとも。運命の実在を。

この日を採用させない方法をわたしは知っている。

十月五日G

七回目の十月五日。

学校にたどり着いて安心してしまった。気を抜いた報いはすぐにやってきて、未散は階段の踊り場で悪ふざけしていた生徒にぶつけられて十四段転落した。ひじやひざをたっぷり擦りむいた挙句、したたかに頭を打ちつけて命を落とした。

十月五日H

階段から転げ落ちそうになっている未散の腕を掴んだ。一緒に落ちただけで、助けられなかったのも頭をぶつけたのも変わらなかった。

十月五日Y

始めは半信半疑だったが、今やわたしは確信している。

未散の死の運命は必然だ。天候や自然現象と変わらない、毎回必ず起こる出来事で、人の手で変えることはできない。前もって用意されているイベントだ。

だからって受け入れる理由にはならない。諦《あきら》められるはずがない。

そして今やわたしは気づいている。

己の持つ特権に。

わたしが死んだ一日は採用されない。今日を終える前に死んでしまった場合、今日は採用されない。そして採用されるべき今日がない場合、明日は来ない。——なぜなら、今日が採用された場合の明日を観測するわたしがいなくなるから。

採用されるべき一日の選択に、生存バイアスが働く。

死に続けるかぎり、何度でもやりなおせるってことだ。なのに、こんな現実を受け入れるはずがない。

観測されないものは、ないのと同じ。

瞳《ひとみ》を閉じている間、世界は存在しない。

カーテンを開けて、朝日を浴びながら、わたしは意気揚々と未散を守り抜く方法を考え始めた。

——けれどまたダメだった。今日もダメだった。

十月五日Z

徹底して十月五日Aパターンを避けることに専念したら十月五日Cとよく似た展開になった。違うのはわたしが覚醒《かくせい》していられる限界の二十二時前で未散が生きていた点だ。医者は危ない状態だと言って、気丈にふるまう未散のお母さまを気づかわしげに見遣《みや》った。

それでわたしは納得した。

この日の未散はたぶん助からない。運よく日付を超えられても、再び目を開けてはくれない。元気にはならない。そうしてこの事故が『採用』された事実だけが明日に持ち越される。そうなってからでは遅い。

「綾ちゃん、信じるんだ。気を強くもって」

「…………」

優花に言われるまでもない。わたしはどこまでも強い決意に支えられている。

もうじき二十二時で、過ぎればわたしは強制的に眠り姫だ。するべきことは一つしかない。

通学鞄を引《ひ》っ摑んで走り出す。できるだけ人目につかない場所を目指して。ここは病院だから一人にならなくては救助されてしまう。失敗は許されない。他のことならなんだってなかったことにしてしまえるけど、この繰り返しに関してはたった一度の失敗さえ許されない。

背後からの呼び止める声を無視して床を蹴《け》る。

……あぁ、お守りに果物ナイフでも入れておけばよかったなぁ。そうしてたどり着いたのは中庭。植込みの影に隠れて、誰にも見つからないように祈りながら、ペンケースから取り出したのはデザインナイフ。刃渡り二センチメートル。

楽に死ねるわけがなかった。

十月五日AA～

アルファベット一文字で数えられていたのが、数えられなくなってしまったので桁《けた》を増やしました！　快挙です！　二十六進数です！　やりました！　嬉しくないです!!　たすけてください……。

ここまで一ヶ月弱を振り返れば、生まれてこの方七十幾年、ぶっちぎりで一番つまらない一ヶ月だった。自分のためだけに生きる毎日が退屈なのはもう知ってる。でも人のためだけに生きる日々も、同じかそれよりずっとつらいと初めて知った。

初めてはだいたい楽しいことなのに、滅多にできない体験をしているはずなのに、何より飽きてないはずの日々なのに、全然楽しくない……。


わたしたちは何度も命を落とした。

何回もいろんな死に方をして、死んで死んで、また新しい一日で死んで、生きて明日を迎えられる一日がいつか出来上がると信じて、同じ一日を繰り返し、繰り返し繰り返して、たったの一日でさえも採用に値する一日を描けないまま、また失敗した。

不幸にもオスに産まれたヒヨコみたいに、一日が始まっておおむね半日以内に肉挽き器の底まで一直線に堕《お》ちていった。

自らの能力と世界の秘密を明かした上で、彼女に死の運命を告げた。

手段は選んでいられなかった。一緒に逃げて欲しいとなりふり構わず懇願した。もし立ち向かうことに未来がないなら、どこまでも逃げ続けるつもりでいた。

だけど未散の手を引いて走り出した瞬間、暗雲の隙間から雷が落ちて彼女の命を奪った。

雷？　雷鳴に振り返って、現実を直視したとき、思わず笑ってしまった。わたしの中で何かが壊れた。めちゃくちゃだ。一日を繰り返しても天気は変わらないはずではないか。

「ルールが違う」と叫びたかったけど、抗議に取り合ってくれる相手はどこにもいない。現れてくれない。交渉の余地がない。わたし一人が勝手に裏切られた気分になっただけだった。

思い返せばガソリン爆発だってそうだ。アクション映画じゃあるまいし、車検を通って公道を走っている車がそんなかんたんに爆発してたまるか。単なる不運で片付けられない、もっと得体の知れない人知の及ばない存在の介入があると考えた方が、いくらか突飛であるにせよ、まだ合理的に思える。

もしそうであるなら、ただの人であるわたしがそいつに抗《あらが》うのは無理だ。そいつはきっと神さまだ。そうでなければ運命と認めるべきであり、なんなら世界の意志でもいい。

それならそれでかまわないとも思った。誰が相手でも関係ない。未散と、彼女の未来を守るためならなんでもしよう。わたしは髪一本分だって譲らない。

活路を求めて作り話《フィクション》をいくつも観《み》たり読んだりした。どうしようもない状況を、登場人物たちが時間を戻したり並行世界を渡ったりして、何度も試行錯誤して望む結末を目指すフィクションの類型はたくさんあった。目につくものは手当たり次第に網羅した。一つでも参考になれば御《おん》の字だと思っていたけど、そのどれもがわたしにはない強力な異能の下支えを必要としていた。

一日が始まる。終わる。過程に多少の変化こそあれ結果は変わらない。そうやって一年分以上の歳月が過ぎた。ここに至って、わたしは初めて認識を改める。

未散を救うのは無理だ。

わたしはただ忘れないだけの人間で、それ以外はなんの能力もない。腕力は非力だし、特段賢くもない。友達もいない。

何十年も戻って準備するどころか、昨日にすら自由には戻れない。平行世界の自分と通話して知恵を分けてもらったり、世界線とやらを変動させて根本的に異なる未来を手に入れたりする力はない。強力なバトルスーツを装備しているわけでもない。頼れる仲間もいない。

だから身の丈に合わない果報を手にするには相応の代償を支払う必要がある。

ただ寝て待っているだけでは『明日』は永遠に来ない。そう、寝て待っているかぎりは明日は永遠に来ないのだ。明日が来なければ未散の死は永遠に確定しない。むしろわたしは過去に戻れないので明日が来てもらっては困る。永遠に！

この上なく醜悪なコペルニクス的転回が、ひらめきに姿を変えて脳内を舞い踊る。

わたしは明日を諦める。

明後日も明々後日も捨てる。来週も来月も来年も、全部捨てる。

十月六日以降の未来はもういらない。明日が来なければ、毎朝未散に逢える。数時間だけ、一緒にいられる。それはこの先ずっと愛する人に会えない死別や、一年に一度七夕にだけ逢瀬《おうせ》が許される夜空のおとぎ話の二人に比べれば、とびきり贅沢《ぜいたく》で、ふるいつきたくなるくらい魅力的な条件だった。

わたしは未散の遺体を見下ろしながら、今日の彼女の死を受け入れ、おなじみの方法でその日を終了させた。

翌朝一番に未散の家を訪れる。

迷惑をかけるとは思ったけど、持ち時間の少なさがわたしを急《せ》かしたてた。

朝が弱い未散は寝ぼけ眼《まなこ》でわたしを迎えてくれたし、未散のお母さまは親しみ深い人で、この遠慮知らずの訪問にも動じず、朝食までご馳走になってしまった。未散は早起きした日は洋食派だと初めて知った。

「どうして迎えに来てくれたの？」

「早起きしちゃって、未散の顔が見たくなったの。迷惑だった？」

「ううん、そうじゃないけど、……なんかひっかかる」

朝の通学路はすがすがしい。秋の清涼な空気の中を歩くわたしたちを、お日さまが心地よく照らしてくれる。

「そんなことより、今日はお昼一緒してくれる？　お弁当作ったんだけど」

「やった！　当たり前だよっ」

ごく自然な動作で未散に手を握られて、そのまま子供みたいにぶんぶん繋いだ手を大げさに振って歩いた。

ああ、楽しい。なんて楽しいんだろう。

「どうかしら、未散は人気者だから」

「今日は綾香だけの未散ちゃんだよ」

「調子いいこと言って……、まぁ、信じてあげるけど」

明日はもっと楽しくなるといいな。……あぁなんて愚かな。

繋いだ手が、突然軽くなった。

「未散……？」

びたびたと地面に落ちて血飛沫《しぶき》を散らす音がわたしを正気に引き戻す。

歩道に乗り上げた大型バイクが鉄の暴風となって未散を襲った。大きな前輪が牙《きば》を剝き、彼女の肩口を情け容赦なく食いちぎっていた。

登校中に生暖かい血糊《ちのり》を浴びて、わたしは『今日』を買うための代価が未散の命であったことを突きつけられてたじろいだ。

十月五日ＡＬＭ

だからなんだっていうんだ。

たとえ代価がなんであろうと、ここでやめられるはずがない。

わたしが繰り返し、彼女は死ぬ。違う、彼女が死ぬから、わたしは繰り返しているんだ。卵が先か鶏が先か。主客はとっくに対等だった。

未散の亡骸を見下ろしてなお、心はもう揺るがない。

心なんかいらない。

浜野《はまの》アリアを泣かした梅雨《つゆ》の日に既に知っていたはずだ。わたしは目的を見つけたら最後、手段なんか選べない。魔女は魔女らしく外道の手段をためらわない。

繰り返し、繰り返し続けて、一〇〇一回目の十月五日。

――この日は一つの転換点《ターニングポイント》だった。

――朝登校すると、教室の空気が違う。

たいてい遅刻ギリギリで滑り込んでくるはずの未散がいて、でもなんだか表情が険しい。いつも笑顔を振りまいている未散が、人を寄せつけないほど真剣な顔つきで、しかもわたしの席に座っている。

「おはよう、綾香」

「おはよ……」

たぶんわたしの登校を待っていたのだろう。

何か話があるはず、なんて予感がした。もしかして怒られるのかもしれない。最近悪いことばかりしているから。起こったことを受け入れられなくて、自己犠牲を免罪符にしてやり直し続けている。もう命への価値観も麻痺《まひ》してしまった。

「ちょっとついてきて」

予感は当たった。未散について教室を出る。廊下を進む。登校してくる生徒たちの流れに逆らって、階段を下りる。向かう先は少子化で空き教室になってしまった二階の一室。

空き教室に入るなり、未散は振り返って、

「〜〜〜〜っ」

唐突に衝撃が訪れた。

十年分は若返るような痺《しび》れが全身を駆け抜けた。唇が熱くて、触れていた部分がじんじんしている。裏返った声でわたしは抗議した。

「にゃ、なんで」

「うーん、違う……。私の知ってる綾香なら、『無理やりは好みじゃないわ』って拗《す》ねるかな」

いきなり唇を奪われた上に、文句までつけられた。まだ引き戸も閉めてないのに。ロマンチックはかけらもない。

目の前の少女は、昨日までの未散ではなかった。

生まれて初めて『次の日』も友人でいてくれる相手で、誰よりも近くにいたいと思った相手で、かつて一度だけキスをした相手だったけれど、そのいずれとも似て非なる存在だった。

彼女は単刀直入に言った。

「ねえ綾香、この世界は繰り返してる。そうでしょ？」

「――――っ⁉」

わたしは凍りついた。かろうじて一言だけ絞り出す。

「どうして、それを」

「思い出したの。綾香がどんな人だったか。呪いのことも。忘れられないんだよね？　楽しかったことも、つらかったことも」

両眼だけ見開いて、動けなくなった。

動けなくなったわたしを置き去りにして、未散は先を続けた。

「で、この世界は繰り返している。一日はだいたい五回くらい」

あまりの衝撃に一瞬のこと、本当に心臓が止まった。冗談抜きで、脈がずれたような感覚が脊髄《せきずい》に沿って全身を走った。

「うっかり話してしまったことがあったかしら」

必死になって思い出そうとしている自分がいた。未散に出会ってから今日までのこと。四月六日Aから、十月五日ALMまでの千九百六十六日を、一瞬で思い返した。わたし自身の秘密を打ち明けたことはある。一回だけ、なかったことになったけど。世界の秘密を教えたことはない。正真正銘、一回もない。

「うん、綾香が教えてくれたんだよ。嘘じゃないって。思い出したんだ。今日これから起ることとか、綾香のこととか」

未散を疑わないなら、

「わたしの記憶は完全じゃない、とか？」

「完全だと思うよ」

彼女はくすくすと笑った。わたしの知らない顔だった。

「魔法だよ。タイムリープ魔法」

そこにいたのは少女の形をした魔法使いだった。親友の顔をした、人を超えた何かだった。

ずっと午後の天気がなんとなくわかるデジャヴ魔法だと思っていた。いつか彼女は言っていた。魔法使いになるのだと。わたしは信じることにしながら、心のどこかで信じきれていなかった。

「ずっと忘れてたけど、私は未来から来たんだ。未来から戻ってきて、もう一度綾香に出会った」

不思議と腑《ふ》に落ちた。

だから、午後の天気がデジャヴするし、うっかり名前呼びされたこともあった。わたしみたいなのを出会った時からずっと気にかけてくれたのもそのせいなのだろう。

どれくらい先の未来からか、想像もつかないけれど、『今日』を乗り越えた先から戻ってきて解を与えようとしてくれている。必死に受け入れようと想像力を働かせた。

「綾香が何をしてるか、知ってるよ」

未来から来た人にはわたしの悪行はすべてお見通しというわけだ。

「とめる?」

「とめない」

即答だった。にこりとおおらかに微笑みさえたたえて、

「止めても無駄でしょ? 私のためにしてくれてることだし、綾香の気が済むようにやればいいと思う」

昨日までの未散とは思えないくらい、大人びた表情を浮かべている。きっと気の遠くなるくらい未来から、魔法使いの未散はやってきたのだろう。

「ちなみに今は、何回目なの?」

「それは知らないの?」

「綾香と違って私は忘れちゃうから」

「一〇〇一日目よ。一〇〇一回目の十月五日」

優花以外の人間に一日の裏側のことを話すなんて三十年ぶりくらいだ。

「私がこの話をしたのは一回目?」

「そこはわかるのね」

「キスしたときの反応。新鮮で可愛かったから」

「………ばか」

いたずらっぽく目を輝かせる未散は、昨日までの何も知らない彼女とよく似ていて、外見だ

けじゃとても未来から来たなんて信じられない。

きんこーん、とスピーカーがチャイムを鳴らし、能天気に授業の始まりを告げる。

わたしたちは当たり前のように日常を無視した。

朝の空き教室には、机と椅子《いす》が行儀よく整列していた。日常が納められた棺を見送る葬列のようだった。

わたしは問わずにはいられなかった。すがるような気持ちだった。

「教えて。わたしが千回も繰り返してるのはどうして？　今何が起きてるの？」

「綾香は神さまっていると思う？」

けれど未散の答えは迂遠で、手の中にあるはずの解答はうなぎのように摑みどころがない。

「いるはずない」

わたしにとってこの世界は地獄だ。地獄だから造物主がいるとしたら、そいつは悪魔以外にはありえない。

「うん、そうだよ。神さまなんていない。じゃあ誰のせいだと思う？」

「じらされるのは好みじゃないわ」

「ふふ、じゃあ教えてあげる。世界だよ。運命でもいいけど」

未散は確かに告げた。セカイ。あぁやっぱりな。そんな気はしていた。わたしたちは世界を敵に回して戦っている。逆立ちしても届かない人知を超えた絶対的な存在を前に、無力な抵抗を続けている。

「世界って何よ……」

たとえ世界中のすべてを敵に回しても——、そんな陳腐な言い回しをして自分を勇気づけたこともあった。

「たとえば商店街のくじ引きでガラガラを回すとするでしょ」

「ガラガラなんて見たことない」

マンガとか映画の中でしかそんなの見たことない。ハンドルを回すと色のついたタマが一個だけポトリと落ちてくる箱だ。タマの色次第で一等賞温泉旅行とか六等賞ポケットティッシュがもらえたりする。

「私もないよ」

未散はくすりと小さく笑った。こんなときでもいつもと同じ調子で、横で見ているだけで心安らぐ笑い方で。

「話の腰を折らないで。出てくるタマの色は偶然が決めるよね」

「誰かがインチキしてないかぎりは、…………そういうことなの？」

「うん、その通りだよ。この『偶然』が問題なの」

世界は壮大な玉突き事故、あるいはドミノ倒しといっていい。

宇宙創成の瞬間から、現在まで厳然とした物理法則に隙《すき》なく支配された、極《きわ》めて単純なドミノ遊び。一見複雑なようで、一つ一つの法則はごく単純。わたしたち人間のちょっと賢い程度の頭脳では、とてもそれが予定調和には見えない。あまたの偶然を見出《みいだ》してしまう。けれども全知全能の存在にとっては、あらかじめ決定された運行をしているにすぎない。彼は偶然さえ手のひらの上であやつる。インチキだ。

「でも、どうしてそれが、あなたが命を落とすことに繋がるの?」

「たぶん、私が魔法使いになりそうだから」

まるで、それがすべてであるかのような口ぶりで未散は言った。

かつて未散は語った。将来魔法使いになるのだと。なかなか突飛な話だけど、突飛さで言えば平均五回の世界もかなりぶっちぎっている。お互いさまだ。

それより。

「ちょっと待って。魔法使いになりそうだから、ってどういうこと?」

思わず声が震えた。

あなたは魔法使いなんじゃないの? 偉大な杖《つえ》でわたしを救ってくれるんじゃないの?

「そのままの意味だよ。『前回』の私が魔法使いになったのは今日だから。タイプリープして時間を遡っちゃった今の私はまだ魔法使いになれてない」

未散は落ち着いていた。『昨日』までとは違う人みたいだった。

「この世界は魔法を許さない。私が新しく魔法使いになるから、世界は躍起になって止めようとしてる」

それこそが答えだった。

偶然は必然に化ける。未散を魔法使いにしてはいけないから。誰だか知らないけど、そいつはこの世に魔法使いなんて異物の存在を許す気など毛頭《もうとう》ない。

であるなら、そいつは知っているんだろうか。この世界が毎日平均五回も繰り返していることを。わたしだけがすべての一日を覚えていることを。ここにもう一つ異物がまぎれ込んでいることを。

その異物は深呼吸を一つする。冷静さを取り戻し、この繰り返しを抜け出すために必要な情報収集を再開する。千回も繰り返せば感覚はとっくに麻痺していた。

「もう一つ。どうして、今日の未散だけタイムリープを憶えてるの？」

「それはたぶん、世界が壊れかけてるから」

窓越しに見上げた空は青くて、秋の太陽が高く輝いている。風はいつもの十月五日と同じように少し湿っていて、午後の雨脚を予感させる。

「本当はね、憶えてるはずがないんだよ。未来の記憶は過去に戻った時点で、記憶はその時代と混ざって無意識の下に沈んじゃうから。でも、綾香が千回も繰り返したから世界が壊れた」

起こるはずのないことが起こった。

「世界が未散を奪うから悪い。わたしは悪くないわ」

どっちも頑固者だから。世界も、わたしも。

わたしは未散を失うくらいなら明日なんか来なくていいと思っているし、世界も魔法使いの誕生を認めるくらいなら、時空間や物理法則の一つや二つ壊れても構わないと思っている。

どっちも譲らないから、堂々巡りだ。

「絶対に死なせないから」

一音一音をはっきりと宣言すると、未散は意外なことを言った。

「そっか……。私、こうやって助けられたんだ」

「知らなかったの？」

「うん。採用されなかった十月五日に何があったか、綾香は憶えてなかった」

忘れてる？　わたしが？

ありえない、いや、でも先のことなんてどうなるかわからない。もはや遠い過去となった文化祭のころには、未散がいなくなってしまうなんて夢にも思わなかった。今日を千日も繰り返すなんて、もし誰かに言われたらおかしくて鼻で笑ってしまっただろう。

というか、未来でもわたしたち一緒にいるんだ……。だらしなく顔がほころびそう。

「だいじょうぶ？　顔赤いよ？」

未散が心配してくれる。全然違う理由なのに。

「そ、そんなことより！　未来から未散が来るってことは、いつかは今日を乗り越えられるって保証にならない？」

少しだけ楽観できるかも、なんて見通しは甘いだろうか。

未散の見せた小さな躊躇いに、答えがあまり芳《かんば》しくないことを読み取ってしまう。

「未来は分岐するから。この可能性の先が行き止まりじゃないって保証にはならないかも」

「そうよね……」

「そうならないように私がいるから！」

その一言がどれだけわたしを勇気づけたか。

一人なら無理でも二人ならなんとかなる。

あぁ、まったく、なんて無邪気な思い違いをしているの。わずか数時間後にはもう思い知らされている。

「うそつき」

わたしはまた彼女の亡骸に、恨み言をつぶやくはめになっている。

もし魔法使いの未散が杖の一振りで運命を覆せるなら、わざわざ打ち明け話などしなかっただろう。情報を共有せず、一人で解決して、素知らぬふりをする。優しい未散はわたしに背負わせない。知らせない。一度知らせれば忘れられなくなるのだから。

こんな陰惨な運命を知る必要なんてないから。

けれど彼女は世界の秘密を知ってるだけで、魔法を使うことはまだできない。運命を前にして、ただ流されるだけ。つまり、わたしと大差ないってことだ。千日かけて一歩も前に進めなかった忘れえぬ呪いの魔女と同じように、無力だった。

十月五日ALS

それでも『彼女』の来訪はわたしの心に潤いをもたらした。

十月五日の繰り返しは砂漠の旅に似ている。変わり映えのしない砂の丘ばかりが続く。乾いた日々の中に行き倒れた小動物をみつける。それはわたし自身だったり、大切な誰かだったりする。

一〇〇七回目の十月五日。

憶えている未散は、砂漠の休息地《オアシス》のようなもの。

今日はかなり幸運に恵まれていて、夕食後まで一日が続いている。通学途中に車が突っ込んできたり、階段の踊り場でバカの悪ふざけに巻き込まれて転落したり、急な夕立と共に雷に打たれたり、そういう理不尽がない。当たり前のことに最高の感謝をささげたい。

「動物のビデオ好きなんだよね？」

光学ディスクの虹色の記録面を覗《のぞ》きながら、未散が尋ねてきた。場所はわたしの部屋。大きくないけれどテレビがあるから。

「わたしがそう言ったの？」

身に覚えがない。確かに、動物のビデオを観るのはちょっと好きだけど。

「うん。憶えてない？」

教えてないけれど、いずれ教えるのだろう。

不思議な気分だった。普通の感性なら話してもいないことを知られていたら気持ち悪いところだけど、あいにくわたしは普通じゃない。

「もしかして嫌いになった？」

「好きだけど」

それに非難するのもお門違いというものだ。わたしだって繰り返される一日をこっそり憶えている。

当たり前だけど人はそれぞれ見えてる世界が異なっている。持ってる情報が違っているのは、見えてる景色が違っているのと同じくらい当たり前のことだ。

同じ電車に乗っていても新しいスマホを買いたい人はつい他の乗客の手元が気になってしまうだろうし、大切な人と会う用事で出かけている人は外の天気がばかり見ているかもしれない。小さな子供の手を引いていれば、同じような子連れや妊娠している人を気にかけずにはいられないし、通学途中なら制服姿がよく目に留まるはずだ。

窓から見える景色はみんな同じはずなのに、誰一人として同じものを見ていない。

主観の世界は、関心や立場次第でいくらでも変容する。

だから、未散がまだ教えてもいないことを知っていても、そんなに驚くようなことじゃない。

「よかった！　すごく面白《おもしろ》そうだから一緒に観たかったんだ」

といって隣で白い歯をこぼす少女は、わたしの中で大きすぎる存在感を持っている。

繰り返される一日を認識してるなら、先のことを知ってるという少女のことがことさらに気にかかるのは、そんなにおかしなことじゃない。たぶん。

「未来でも観たんじゃないの？」

「うん。別のを、同じ人と、ね」

未来から来た人と、一日の繰り返しを記憶する人でも、やはり見え方は全然違う。

同じ景色は共有できない。似てはいるけど同じではない。

「ねえ、未散」

確かめるのは怖いけれど、彼女の見ている景色を知りたいと思った。どんな世界に生きているのか。

震える喉を抑えながら、わたしは勇気を振り絞って訊いた。

「未散は何回タイムリープしたの？」

相沢《あいざわ》綾香は今日まで何度も同じ日を過ごしてきた。

稲葉《いなば》未散は何度同じ時間を過ごしているのだろう。

「わからないよ」

未散は困ったみたいに眉根《まゆね》に三角を作って、あいまいに笑った。

「私は綾香と違って忘れちゃうから」

タイムリープをすると記憶は完全な形で保持されない。移動先の自分が持っている人格や記憶と混じり合い、どちらが本来の自分なのか区別することが難しくなる。だから何回タイムリープしたとか、いつからいつへ移動したとか、時間移動を繰り返すたびにあいまいになっていく。忘れえぬ呪いがあれば別なんだろうけど。

「ほら、始まるよ」

未散が画面を指さす。

配給会社のロゴが画面全体に映し出され、荘厳なファンファーレが鳴らされる。

「たとえ百回目でも楽しいよ。二人なら」

嘘だと思う。

嘘だと思ったけど反感は湧《わ》かなかった。優しさでできた嘘だったから。気休めなのだ。何度でも楽しいなんてのは。気持ちの問題だから、子供じみた反発は起こらない。

だって本当に楽しいなら、同じ映画を観ればいいはずだから。

いいなぁ、未来のわたし。

きっと愉快で明るい気分になれる映画観たんだろうなぁ。それとも好みが変わるのかなぁ。

「ねえ、未散。わたし本当に動物のビデオが好きだって言った？」

密林の豊かな緑がクローズで映し出されている。

「うん」

枝の上には南国の色鮮やかなハチドリの親鳥が巣を営み、雛《ひな》がえさをねだっている。

「私はあんまり知らなかったジャンルなんだけど面白いね」

癒《いや》される。

けどこれは違う。

必死にえさを取る雛鳥は健気《けなげ》で愛らしいし、親鳥は空飛ぶ宝石とまで讃《たた》えられる美しさだ。

「………」

そこでカメラは唐突にするすると木を登るニシキヘビをフォーカスする。スピーカーはうんともすんとも言わない。ジャングルの沈黙は緊張と恐怖を煽《あお》った。

これは動物ビデオというより、大自然ドキュメンタリーだよね？

「うわあ」

未散は見入っていた。

動物が好きといってもわたしの趣味は芸をするペンギンとか手懐けられた猛獣の無防備なしぐさとかだ。鏡に映った自分自身とじゃれ合う猫も好き。動物園の年間パスポートを優花にねだって買わせるくらいには好きだ。

「未散さん……？」

「何かな」

「これは違うんじゃないかしら」

断じて、いたいけなドブネズミが冷たい目をしたジャングルのヘビに丸呑《まるの》みにされる鳥肌映像ではない。囚《とら》われた極彩色の蝶《ちょう》がもがき、きらきらとねばついた光を反射する蜘蛛《くも》の巣を揺らすさまなど戦慄すべき光景なのだ。

さっき食べた夕食が胃の中で暴《あば》れ出《だ》すくらいには。

「あってるよ。私の綾香はこれで喜ぶ」

なんでそんなに自信満々なんだ……。

画面の中の自然界には殺戮《さつりく》と捕食が溢れている。

遠くない過去、文明が去勢してしまった原初の自然がそこではまだ生きている。それはわたしたちが立ち向かっている相手にそっくりだった。


いつの間にかうとうとしていて、わたしは未散にもたれ掛かってしまっていた。顔を上げると大自然ドキュメンタリーは終わり、テレビ画面は感動とは無縁のひな壇バラエティを映している。

すぐ隣、息がかかりそうな距離に、退屈そうな白い頬があった。陶器のような、美しいけれど無機質な表情と、絶望に指定席を予約された瞳。わたしは初めて彼女に心の底から共感できた。

同じなんだ。

未散もまたわたしと同じように無力感にさいなまれている。

こうして日常を続けるふりをして現実逃避しても、今日を乗り越える手段はない。

横顔をぼんやり眺めているとそのうち目が合った。黒々とした瞳はたちまちに光を取り戻し、その表情は花が咲いたように色を取り戻す。いつもの調子で目覚めたわたしを迎えてくれる。

「おはよう、綾香。まだ眠いの？」

「うん」

小さく頷きつつも、重い腰を上げる気にもならないし、彼女の放してくれない腕をほどこうともしなかった。

もうしばらく、こうしていたい。

静かに、深海魚のように、長い長い静寂に落ち着きたい。安全な室内で、彼女の体温をすぐそばに感じていたい。

「まだ寝てる？　かじっちゃうよ？」

それに、なんとなく未散を一人にしたくない。離れたくない。

「やめといた方がいいわ。わたしは、……病気だから」

「病気？」

梅雨のころ、お見舞いに来てくれた未散の前で口を滑らせてしまったことがあった。

「一度見たものを忘れられない。そういう病気なの」

あのとき未散は才能だと言ってくれた。病気でも呪いでもない。すごい才能だと。何度も何度も思い出して、そのたびに救われた。今もう一度その言葉が欲しかった。記憶の中にある現実を再び確かめたい。

「そっか。綾香はなんでも憶えていられるんだね」

未散はまるで何も知らないようなふりをしつつ、優しく頷く。

「そうよ。気持ち悪いでしょう」

あるいは今度こそ呪いだと断言して欲しい。魔法使いの未散にそこまで言い切ってもらえたなら本物の呪いだ。この生まれ持った呪いから力を引き出して、かならずこの無間地獄を抜け出してみせよう。

「気持ち悪くないよ。すごい才能だよ、それ」

彼女は言った、あっさりと、疑いようのない真理だとでも言いたげに堂々と。

喉から出るほど欲しかった言葉をぽんとくれた。

あの日と同じように。

頬が熱い。

わたしは涙を流していた。

肯定された。何度恨んだかわからないこの体質を。

彼女は信じて、受け入れて、讃《たた》えてくれた。

「わたしも、すごいって、思うよ。未散の、魔法。信じるよ、わたしを助けに来てくれたって」

喉が震えて、声が上擦る。

とめどなく涙がこみ上げてくる。

「えへへ、そうでしょ」

目の前の少女が旅してきた、凍りついた悠久に思いを馳《は》せると胸が締め付けられる。

「わたしの知らないこととか、たくさん知ってて、……想像もできないくらい、たくさんの日々を経験してきたあなたのこと、尊敬するよ」

「……どうしたの？　変な綾香」

熱い涙が止めどなく溢《あふ》れ、顎《あご》まで濡らした。

思いばかりが募って、胸の中からこんこんと気持ちが溢れてくるけれど、喉が震えすぎてうまく声にならない。

「これから、あなたと長い時間を過ごすと思う。それって、ふっ、すごく楽しみだし、う、うれしいよっ」

とめどなく涙ばかり流すわたしを見かねて、未散はこわごわと震える指の背を使って、頬を撫《な》でるようにして涙を拭《ぬぐ》ってくれた。

「そんなの」

そして涙ぐんで、顔を隠すように抱き寄せてきた。

そんなの、当たり前しょ、と続くはずだった言葉は中空に溶けて消えた。

彼女の体温はまだ温かくて、けれど千日続いた悲劇に慣れ切ってしまったわたしは、刻限が近いことを察していて、ぼろぼろ泣きながら未散の体温に願うしかない。どうか死なないで、と。声を震わせて、まだ生きてることを確かめるしかない。

こんなわたしを未散は救ってくれた。なのに。

「未散、お願いだからっ、し、死なないでよ……っ」

わたしは彼女を救えない。

救えないどころか、こんな困らせ方までして、無責任なまでに無力だった。

「無茶、言わないで」

運命を受け入れたように涙声で苦笑する彼女の声は切なくて、嘘でもいいから大丈夫だって言って欲しくて。

「どうしてなのよ……、せっかく魔法使いになったんでしょう。タイムリープなんかして、……過去なんかに戻って、……魔法使えなくなっちゃうのに」

顔も見えないままで、わたしは思いのたけを涙声に変えて彼女の胸元《むなもと》に吹き込んだ。もし、ちゃんと魔法使いのままでいたなら、こんな運命たやすくひっくり返してしまえるだろうに。どんな危険が迫っても手品のように回避してしまえるだろうに。

「何しに来たのよ……」

「綾香を助けたくて」

まったく、大ばかだ。向う見ずにもほどがある。

そんなの素直に喜べるわけない。

心配してくれてありがとう。助けに来てくれてありがとう。言えない言葉が嗚咽《おえつ》に混じって喉を詰まらせる。

「ここが地獄だって知っていて?」

静かに涙が転がって、膝元《ひざもと》を濡らす。わたしのじゃない涙が落ちてきて、絨毯《じゅうたん》の表面で透き通った珠《たま》になる。彼女が落とした涙を隠すように手と手を重ねた。

「……綾香が地獄に一人きりだって、そう思ったらいてもたってもいられなかったから」

その声は誰よりも優しくて、誰よりも親身で、何よりも求めていたもので。

胸の内が握り潰されてしまったみたいに切なく傷んだ。

「バカよ、そんなのは。大きなお世話なのよ」

「うん」

終わりが見えないこの繰り返しに、徒手空拳で飛び込んできてくれた。

喜劇もいいところだ。

どんな悲劇も繰り返せば喜劇でしかない。これが喜劇なら笑っておしまいなんだけど、現実なので笑えないし終わらない。

ここが地獄であるなら、せめて離れ離れにならないように、重ねた手にぎゅっと力をこめる。体温どころか、血の流れすら感じ取れるくらい、ぎゅっと、嘘つきの作法で。

「ほっといてよ。わたしは一人が好きなのよ。ほっといてくれればよかったのよ」

「うん、そうだね」

この魔法使いの少女は誰よりも優しくて、決してわたしを放っておいてくれない。

「だいっきらい」

「うん、ずっと一緒にいるから。一人にしないから」

ほんと、ばかだ。


この日の災害は、ガス漏れだった。近所のガス配管から漏洩《ろうえい》した可燃性ガスはわたしたちから酸素と逃げ道を奪った。

普通なら保安機能が働く。ガスの供給を遮断するバルブが動作して漏洩が止まる。危険なほどガス濃度が上がることはない。けれど機能は働かなかった。不幸な偶然によって。

★★★

いよいよわたしたちは手詰まり《デッドロック》に陥った。だからといって諦められるはずもない。

彼女に出会ってわたしは変われた。

いろんなことを教えてくれた。次の日も友達でいてくれた。彼女に出会うまで他愛《たあい》ないおしゃべりの楽しさも知らなかった。初めて知った別れた後のさみしさ。全部彼女が教えてくれた。

未散を諦めるのは、自分の未来を諦めることと同じだ。

かつて決めたように、今日を確定させない方法に切り替えて抗《あらが》った。弱さを受け入れて、明日を諦める。立ち向かえば傷つくから。流されるままに流され、起こった出来事はすべて受け入れる。そうすれば心は擦り減らない。

およそ三千六百日、……十年もしないうちに学校へは通わなくなった。変わり映えのしない毎日は、守りに入れば一層同じことの繰り返しになった。

そして三万六千日、百年目にはとうとう未散にも会わなくなった。彼女に会って交わす会話、共にする行動、そのすべてのパターンを使い果たし、あろうことか飽きてしまった。なんのために粘り続けているのかわからないのにも関《かか》わらず、それでも彼女を見捨てて『翌日』に逃げることだけはできなかった。それをしたが最後、わたしはわたしでいられない。

千年と少しが過ぎたころには、優花が出会い頭に顔をしかめるようになっていた。わたしの衰弱ぶりは誰の目にも明らかだった。

十月五日を人生の終点に見定め、すべてを諦めたようなふりをして惰眠をむさぼった一日があった。

また別の日は諦めるのにも飽きて、戦うふりをした。戦うというのは勝利を目指して手を尽くすことだ。だとしたら二百パーセント勝てないと知りつつ苦し紛《まぎ》れに足掻《あが》くことはなんと呼ぶべきだろうか。

わたしがこの生活を続けられたのは、ひとえに一度日付を越してしまえば二度と戻れないという強迫観念と、完全に人間性を失った自分自身を元の時間軸に戻すことへの強い抵抗感からだった。怪物の自分自身を封印して英雄気取りのわたし。かっこいいでしょう?

錯乱したのは一度や二度ではない。

あるいは元からまともではなかったのかもしれない。常識で判断したならこんなおぞましいループに乗り出せるはずがない。

二千年目を迎える前に、わたしは夕方まで起きられなくなっていた。ただ意識の覚醒している時間の長さにも耐えられなくなっていた。それほど追い詰められていたにもかかわらず、夜眠りに着く前には『正しい方法』で一日を終了させた。

どの一日も忘れられなかった。すべての無為の記録が記憶の中に色あせないまま、ふてぶてしく居残った。冴《さ》えたやり方を思いついては試して打ちのめされて、失敗のコレクションは今もまだ数を増やし続けている。にもかかわらず突破口は一つも見当たらない。運命は周到だった。水も漏らさぬ構えで包囲されている。その上わたしたちは無力にすぎた。それらの事実がまたわたしを落胆させた。

そしてどんなに達観したふりをしても、精神は老化をまぬかれない。せん妄状態に支配される時間が長くなり、願望を現実と思い込んで認識を履《は》き違《ちが》え、何度も致命的な時間を超えそうになりながらも、奇跡的に自殺に成功した。

未散を助けるために奮闘する気力は今やない。

未散を諦めて立ち直るだけの精神の弾力はとうに失った。

明日を生きるために必要なだけの活力は百万回の昨日で使い切った。

もはやすべてが手遅れだった。

十月五日BJHYF

雨音がする。ということは時刻は午後を迎えているはずだ。

十月五日は晴れのち雨、夕方から少し回復する。降り始めの時刻は自宅の周りなら十一時二十三分。学校の辺りなら十一時五十分だし、最寄り駅なら十一時三十七分だ。そんなことまで知っているのに、明日を迎える方法は知らない。そんなことまで知っているくらい今日を続けてしまった。こと十月五日にかぎってしまえば、わたしはなんでも知っている。

「うわっ、綾ちゃん一夜でだいぶ色っぽくなったね。…………んん～、これは何かあったね？」

「……」

夕方、日課のように優花がやってくる。

しばらく前から優花の開口一番は一言一句違《たが》わずこれだ。わたしが目に見えて憔悴《しょうすい》しているんだろう。実際疲れ切っていて、優花の軽口に付き合う気力はない。

「……」

「おーい、話せる？　何かお話してよー」

あ、全部は勘弁してね。今日が終わっちゃうでしょ。ターニングポイントだけよろしく。なんて都合のいい要求を突きつけて、彼女はベッドサイドに無気力にもたれるわたしに寄り添うように腰かけた。

たぶん察しているんだろう。彼女は、彼女なりの感覚で、わたしの身に何が起きているのか。

「……」

だけど何も話したくない。手間と報酬が見合わない。話すために思い出すのも嫌だし、いくら優花の付き合いがよくても今のわたしの苦境を理解はできても共感はできないだろう。同情して欲しい。安っぽい共感ですら喉から手が出るほど欲しい。

「重症だねえ。力になれるかもよ」

そういえば、一番最初のリトライはどうやったんだっけ……。はっきりとは思い出せない。

――このわたしがはっきりと思い出せない……。そう、まさしく伝え聞くところによる『忘れた』ような感覚だ。

けど、確か誰かの手助けがあったような気がする。どうして思い出せないんだろう。なかったことになったから？　いやこの困惑は採用されなくても思い出せる特異性のためだろう。

ならば。

直感した。話す価値はある。

「未散が、死んでしまうの」

なんでも知ってるはずのわたしが知らない、新しい展開が目の前に拓《ひら》けた。

「なんど今日を繰り返しても、決められてるみたいに」

きっと今、しきい値を超えた。積み重なった日々の残滓《ざんし》が崩れ、押し出される形でわたしは弱音を吐いた。

「未散が……、わたしは、……未散を助けられないのよ」

何から話したやら……。最初の十月五日で未散を失ったこと。彼女を救うために、救えるまで今日を繰り返そうと決意したこと。万策尽きたこと。あとは死の運命を引き延ばすために、すでに何千年も同じ毎日を繰り返していること。わたしはあくまで事務的に、他人事《ひとごと》みたいな口調で一つ一つ丁寧に伝えた。

「そっか。正確にはどのくらい経ってるのかな」

「知らないわ……そんなの」

知ってどうなるというの。無駄でしょ。

「数えてみてよ」

わたしはこの歪《いびつ》な時空に暦を採用しなかったので、どれほどの月日が流れたのかすぐにはわからない。いや、わかるけど、わかりたくない。

結局わたしは一度も未散を救えなかった。いや、救えていたかもしれないけど、わたし自身を同時に救うことはできなかった。身代わり行為によって先に落命した回があっただけだった。

「一〇九五七七六日」

自殺するたび1ドルもらってたら今ごろ大金持ちだわ。心の中にブラックジョークを吐き捨てる。百万日もうずくまったまま、あの日から一日も前に進めていない。

「ふぅん。そろそろ諦めたら？」

優花は淡泊《たんぱく》に言い放った。あえてそうしたのか本当に関心がないのか、彼女の胸の内を推し量るすべはないけど、もっともな意見だと心の底で思った。怒ったりなんかしない。そんな気力はないし、逆の立場だったらわたしだって、どうしてそんな頭の悪いことをしているのか理解しないだろう。百万回試しても不可能だと悟れないなんて、まったくどうかしてる。

ほんと、どうかしてるのよ、わたしは。

わたしは力なく首を横に振った。わたしにはどうすることもできない。そこには諦めることも含まれている。

「ねえ、どうして諦めないの」

「……」

「どうしてあの子を選び続けるの」

「……」

「あたしを選んでよ」

「……」

「五年前からずっと好きだったんだよ」

「……」

「何か言ってよ」

何も響かない。最後の方なんか、優花はほとんどすがるような口調だった。でも、響かない。

感情も感覚も摩耗しきった心の表面に、ひっかかるべき凹凸《おうとつ》はほとんど残っていなかった。

記憶力の怪物たるがゆえに記憶だけが明晰《めいせき》なままで、経験を援用した判断力が失われた理性の代替を果たしている。それが今のわたし。くだらないでしょう。

何かに突き動かされないと自分が何者であったかも記憶の底へ探しに行けない。

だから、そのための引金《ひきがね》に相応しい情動は、最も原始的な感情である怒り以外の何物にも務まらなかった。

「殺してやるわ」

大切な人を理不尽に奪われた怒り。

諦めたら？　人の気も知らないで。わたしのことが好き？　勝手なことを。

「あんたの大切な人も、殺してやるわ」

包丁を手に取り、そういえば初めて死を選んだときもこれだったな、なんて思いながら心臓の上に突き立てた。

突き立てたんだけど、押し込めない。わたしを殺す腕は、もう動かなかった。

怖い。

死ぬのが怖い。刃物の先端が怖い。とうに慣れたはずの死が怖い。

ああ、そうか。思い出した。はっきり自覚した。認める。わたしは、未散より自分の方が大切だ。

わたしは最初から未散より自分の命の方が大切だった。

それでもあの最初の日、彼女のために命を捨てる選択ができたのは、単に自分の命を軽く見ていただけの話。わたしは両親に見捨てられたあの日から自分の命と人生に価値を認められず、無意味に希釈された日々を送って心をすり減らし続けてきた。だから元からあった破滅願望のために体よく利用したのだ。意味のない『もし』だけど、もしあの最初の日に戻れるなら、今度はこの袋小路を選びはしないだろう。

とうに手遅れの一線を越えていると知っていたから、進み続ける選択をしてきた。そうじゃなかったらもっと手前で引き返している。

そんな浅薄な動機が、生存を叫ぶ本能の前に膝を折る。

死にたくない。

わたしが未散のために死ぬ義理などないはずだ。

今ここでの裏切りは、誰にも露見しないはずだ。仮に露見したとしても明日になれば誰の記憶からも消えてなくなる約束だ。誰にも非難される道理はない。

たとえ彼女を失っても、この先の長すぎる人生の中でさらなる輝きを手に入れられるかもしれない。それを見ずにここで終わるのか。

たとえ記憶は薄れなくても傷は時間が癒やしてくれる。忘れることで埋まらない傷も、届かないくらい過去のものになれば、相応の諦めが覆い隠してくれる。

もう死にたくない。

生を支持するさまざまな思考が、とめどなく溢れてわたしをますます鈍らせた。一度は無視した考えが、一度は却下した選択が大挙して押し寄せ、葛藤に縛られたわたしを押し流す。数千年分の忘れえぬ記憶は重石《おもし》だった。鈍麻《どんま》した判断力が、より短絡的な方へ大きく傾くのが他人事のように感じられた。――もう諦めてもいいかな。

でも最後の瞬間、不甲斐《ふがい》ないわたしを繋ぎ止めたのは、

『ふへへ、綾香の味がするね』

あの日の、たった一秒だけの、人生で一番長い口づけだった。

わたしが救えない少女の蕩《とろ》けるような微笑みが、折れかけた心を繋ぐ。

ここで諦めたら未散は死んだままだ。死者を一番に想《おも》って生きていくなんて人にはできない。そんなの胸が痛すぎる。その隣には必ず別の支えが要る。そしてその支えがいつしか最も大切なものに成り代わっている。いつか来る本当の人生の終わりの一瞬まで未散を大切に思い続けたければ、ここでやめてはいけない。

この選択を一生忘れられずに、ただ後悔するだけの生をまっとうする？　冗談じゃない、そんなの無理だ。遠くない将来自殺してしまう。それくらいなら今死んだ方がマシよ……！

死ぬための腕に力を込めた。

だけどやはり刃はわたしの命を奪えなかった。

決然たる行動だったはずの凶刃はしかし生命には届かない。

包丁の刃を掴み取る手があった。その手はわたしの代わりに血を流していた。千年は若返るような衝撃が心音に重なる。

「……………優花、あんた」

「いったぁい！」

「何やってるのよ‼」

「おっ、綾ちゃん、やっと戻ってきたね」

「そ、そんなのどうでもいいわ」

鮮やかな血の色が強烈な目覚めを誘う。優花の白い手のひらから床に滴《したた》り落ちる。わたしはみっともなくおろおろと狼狽えるしかできなかった。手のひらなんてどんな切り方をしても、そうそう死にはしない。経験だってしてる。

「大丈夫だって」

「大丈夫なわけないでしょ」

かなり深くまで切ってしまっている。よっぽど強く握ったんだろう。わたしは大急ぎで綺麗なタオルを使って傷口を固く縛った。これは縫わないといけない傷だ。

「病院に行くわよ」

「いいって、大丈夫だから」

優花は呑気《のんき》に笑った。

「痕が残るかもしれないのよ！」

「へーきへーき」

どこが……！　自分のせいで、自分の目の前で大事な人が傷つくなんて、もううんざりしてるのよ！　どうして！　どうしてこんな目に！

わたしが叫びたくなったとき、優花は無神経なくらい気楽に言い放った。

「だって今日は、絶対に採用されないんでしょ？」

「あ……」

絶句した。

わずかな会話の空隙を縫って優花は畳みかけた。

「もう一回言うよ。あたしを選んでよ」

選べるはずがない。

選んでいいはずがない。

「ねえ、あんたって……わたしが別の女のために、その、百万回も死ねる奴だって、わかってそういうこと言ってるの？」

「そうだよ」

「じゃあそんな女に『あなたに乗り換えます』なんて言ってもらえて本当に嬉しいの？」

皮肉のつもりだった。

これで彼女が閉口すればそれでいい。そう思っていたのに。

「断然、嬉しいね。今回のことで綾ちゃんがすごいがんばったのはわかった。取り返しのつかないくらい疲れきっているのもわかってる。だから長い時間をかけて、いつか元の綾ちゃんを取り戻したとき、あたしは稲葉ちゃんに本当に勝ったことになるんだと思う」

優花は胸を張った。堂々とした口ぶりはいっそ清々《すがすが》しさを感じさせるほどで、わたしは思わず目を逸らすしかない。

こんなに愛されて迷惑だとは思わなかった。それと同時に迷惑だと思ってしまう自分が許せなくて、憎くて、こんなわたしに二人を比べる資格などないのだと思った。

もうなにも考えたくない。

なにも天秤《てんびん》に乗せたくない。

乗せてしまったらどちらに傾いても後悔が残る。

いや人の選択とは元々そういうものだ。ただ今までそれを考えずに済んできたのは、一日が何日もあったおかげというだけ。わたしはいいとこどりをしてきた。

「帰って」

わたしは力なく優花に言った。

懇願したつもりだった。もし優花が日付が変わるまで居座ると言ったら、きっとわたしはそれを拒めない。わたしは彼女のいる前では死ねない。こんなに純粋な想いを抱いている馬鹿女《ばか》に、無残なしかばねを見せつけるなんて絶対にできない。

優花はわたしに対して遠慮したりしないけど、それでもいつもわたしがお風呂《ふろ》に入る時間までには帰り支度を始める。泊まらせたことは一度もない。最低限のルールとして守ってくれた。でも今日の彼女はわたしの現状を知っている。もう百万回も死に続けてきた。今日もそうすることを認めてくれるだろうか。

「帰ってよ。お願いだから帰って」

「あたしが帰ったら綾ちゃん死ぬんでしょ」

わたしに選択肢はない。一回でも失敗したら、未散に明日はないのだ。

「……」

わたしは無言で頭を振った。

「そっか。信じるよ」

また嘘をついた。言葉で嘘を言うのはできなくても、しぐさで示すのはかんたんだ。目が合えばバレてしまうような稚拙な嘘でも、視線は髪が遮《さえぎ》ってくれる。

「じゃ、帰るね。明日は少し早目に来るね。つらかったらいつでも呼んでくれていいからね」

優しい言葉を尽くして、彼女は去って行った。

組み伏せて待ってるだけで、やがてやって来る強制的な睡眠時間で確実に今日を確定することもできたはずなのに、そうしなかった。その気持ちをわたしは裏切る。

床から彼女の血のついた包丁を拾い上げる。申し訳ない気持ちでいっぱいだったけど、手の傷は採用させないから、どうかそれで許して。

さぁもう一度だ。再び十月五日を始める。今度こそ未散を救う。

わたしの胸の内に、かつて失った火が揺らめきを取り戻す。

やり方は心得ている。慣れている。どうすれば少しの苦しみもなく明日に逝《ゆ》けるかなんて、世界中の誰よりも詳しい。

逆手に持って、顎を上げて、切っ先は垂直に。そして一息に――――！

「危ないと思って戻ってきてみれば……、自分の命を人質に取るしか戦うすべを持たないのにどうして諦めないいんだ。誰がきみの無力を責めるというんだ」

目を見開く。

またしても優花だった。いつもそばにいてくれた従姉。傷に傷を重ねて。すごく痛いはずなのに、とても痛いとわかっていたはずなのに、やっぱり彼女は包丁を掴み取った。小さなループ。再び彼女は、わたしの命を握った。

「…………ごめんなさい」

とめどなく流れる涙が頬を滑り落ちて膝の間を濡らす。

まるで手癖《てくせ》の悪さを咎《とが》められた子供のような気分だった。わたしの裏切りはあっさり露見した上にしっかり止められた。謝って許されることじゃないけど、謝って許しを乞うことしかできない。同時に死なずに済んだという安堵もある。もう無理だ。さっき点《つ》いた火は今消えた。もう立ち上がれない。「ごめんなさい」もう一度、今度は未散に謝る。

「謝んないでよ。騙したのはお互い様なんだから。あたしも信じてたからね。さっき綾ちゃんあたしに『病院行きなさいよ』って言わなかったんだもん。きっときみはやるだろうって、最初から信じてたよ」

悔しいとも思わなかった。

諦めがわたしを支配していた。

「ねえ綾ちゃん。まさか三千年以上生きたきみがあんな小娘のために死ぬ気なのか」

しかし優花はわたしの謝罪にも失意にも耳も貸さなかった。

「他にもっと大切なものを見つけなかったのか」

なかった。

ずっと友達ができなかった。できても次の日にはいなくなってしまった。でも未散は、毎日わたしと友達になってくれた。次の日も隣にいてくれた。実の両親ですら、わたしの前から去っていった。でも未散はずっと隣にいてくれた。こんな地獄の果てまで来てしまってもそれは変わらない。

「小娘なんかじゃないわ。あの子はね、いずれ魔法使いになるのよ」

わたしは最後の捨て台詞のつもりで輝かしい未来を語った。いつだったか、優花は「魔法使いは見えてるならたどり着ける生き物」だと語った、……気がする。いまいち判然としない記憶の中にそんな姿があった。魔法使いの末席であるらしい水瀬優花にその未来を幻視させるように、水瀬優花がその未来まで導いてくれることを都合よく願って。

「そして偉大な杖でわたしを救ってくれるの」

そして自分勝手にも。

「予言者と呼ばれたわたしの予言よ」

三千年前のクラスメートたちにあてつけて。

☆

「参ったよ、参った」

優花はぽつりと、呟《つぶや》いた。

初め、わたしにはその意味がてんで摑めなかった。

「あーもー、あたしの負けだ。かんっぺきに負けた」

不機嫌そうに言って、がしがし髪を掻いて、次の瞬間には豹変《ひょうへん》していた。表情にも自信を取り戻して、胸を張って言った。

「稲葉ちゃんには魔法使いになってもらう。稲葉ちゃんが今日落命するのがこの世の理《ことわり》だというのなら、理外の力を引っ張ってくるしかない」

「何言ってるのよ。そんなこと、ありえるの？」

確かに未散はずっと以前言っていたけど。いつか魔法使いになる、と。未散が新しく魔法使いになるから、偶然が牙をむき何度繰り返しても命を落とすようになっているのだと言っていた。

「きみが語ってくれたことがすべて真実なら、稲葉ちゃんは魔法使いになれる。あたしが手伝ってあげられる」

「……………」

信じられるわけがない。妄言だ。信じても裏切られるだけ。

だけどわたしはもう折れていた。完膚なきまでに叩きのめされて、このうえ今さら一つや二つ失望が重なったところで大勢に影響はない。

「むろんそんな大それた真似《まね》するのにあたしの異能だけじゃ全然足りない。きみにも代償を払ってもらう」

「わたしは何を払えばいいの？　命かしら。喜んで差し出すわ」

それはもう何度もやったでしょう。

自分を客観視している別の綾香が呆《あき》れている。

「記憶だよ。今日までの十月五日の記憶すべてを代償としてささげてもらう」

――そうじゃないと『明日』になった瞬間に、急激な加齢で精神が死んじゃうからね。

最初の十月五日と今日のわたしは別人レベルで違ってしまっている。もはやどんな今日も明日のわたしには適さない。十月四日と十月六日を繋ぐ連続的存在として採用できないのだ。

「何それ……ご都合主義すぎるわ」

「違うよ。人間原理だ。人間原理は知ってるね」

生き字引のわたしは答えを返す。

「なぜ宇宙が今のような形をしているか。人間原理によればその答えは、そのような宇宙以外を人間が『採用』できないから、ってことになってる」

物理学や天文学の発展によって宇宙のなりたちが解明されるにつれて、物理法則や自然定数が『人間にとってあまりにも都合のいい結果』であることがわかってきた。

その理由に対して科学者たちが用意した解答の一つが人間原理だ。

「そう。人が発生しないような構造の宇宙はあるかもしれない。熱すぎたり、冷たすぎたりして、生き物が生まれるには厳しすぎる宇宙だって、無限の並行宇宙を考えれば、どこかにあるかもしれない」

「たとえ存在するにしても、人がいない場所にしかないけど、ってことね」

誰も知りえぬ場所にひっそりと。あってもなくても変わらない宇宙だ。

優花は今の状況を人間原理にしたがって解釈した。

「綾ちゃんがいない『明日』も同じ。明日がいくつもの可能性に分かれるとして、その中には綾ちゃんのいない『明日』もあるかもしれない。でも綾ちゃんから見た『明日』には、かならず綾ちゃんがいる。いないといけない」

たとえるなら、ウサギにカメラを背負わせてサバンナを撮影するようなものだ。戻ってきた映像にはいつもライオンが映っていない。だからといってサバンナにライオンがいないことにはならない。

逆説的に言えば、ライオンに遭遇しなかったウサギだけが映像を持ち帰ることができる。

「わたしが百万日間、毎日欠かさずしてきたことよね」

ライオンならまだいい。逃げられる可能性だっていくらか残っている。

わたしたちの天敵はそんな甘いやつではなかった。だからわたしは『明日』から自分を消すしかなかった。それしか追加の『今日』を受け取る方法がなかった。

「そう。ずっと使ってきたよね、この理屈。綾ちゃんが死んだ一日は採用されない。その理由はしごく単純で、綾ちゃんが死ぬ未来を、綾ちゃんは見ることができない」

死というものは、それが自分のものか他人のものかでまったく別の概念になる。

他人の死は見ることができる。でも自分の死を自分で確認することはできない。絶対に。なぜなら確認の主体となるべき認識が、そのときすでに失われているのだから。

だから、『採用』されない。

わたしがいない明日だってあるだろう。けど、わたしの目の届かないところにしかない。わたしが『採用』できる明日は、わたしが生きて見て思うことができる明日だけ。

「だからあたしは提案する。稲葉ちゃんに魔法使いになってもらって、綾ちゃんの記憶を代償に魔法で彼女自身の運命を改竄してもらうことを」

「百歩譲って未散が魔法使いになるってのはいったん置いておく。でも未散の魔法の代償が記憶だなんてどうしてあんたに決められるのよ」

彼女は繰り返した。人間原理だと。

「それしかないからだよ」

未散の魔法は記憶を代償に発動する。それしかない。

「原因は稲葉ちゃんの方じゃなくて、綾ちゃんの方にあるんだよ。今から稲葉ちゃんと綾ちゃんが揃《そろ》って明日を迎えられるとしたら、稲葉ちゃんの魔法で『今日』のきみの記憶全部を食べ尽くしてもらうしかない。人間原理だってば」

ここから分岐する平行世界を想像してみる。いろんな未散がいるだろう。

彼女の魔法になんの代償もいらない自由な世界、寿命をけずって魔法を執り行う世界、大気にあまねく満ちる生命力を引き出して魔法を行使する世界、……あるいは人の記憶を魔力に変換できる世界。

「気づいてるか知らないけど、生きて明日を迎えるにはきみはもう手遅れなんだ。持ってる記憶の量が多すぎて、あちこちダメになりかけてる。その証拠に、起きていられる時間がどんどん短くなってるんでしょ？」

もし未散の魔法が人の記憶以外の何かを燃料にして動くシステムなら、わたしはそこでおしまいだ。だからその世界を『採用』できない。わたしが死なずに済むのは、未散の魔法の代償として記憶を使ってもらえる場合だけ。現時点で不確定の未散の魔法がそれであるように現実の方を収束させる。

「ああ、……そういうことなのね」

わたしはすべてを理解した。

未散と出会ってから今日までに積み重ねられたすべての必然を。あの最初の日、未散がタイムリープしてきたと主張する日、三日のうち三日とも未散はわたしに話しかけてくれた。すべては一つの未来を目指していたがゆえの必然だ。

五月二十三日、忘れもしない、優花が交通事故に遭った日。交通事故のような低い確率でしか起こらない現象が毎日欠かさず起こった。まさしくこの瞬間、優花がキーパーソンになるからだ。油断しきっているところを運命は狙《ねら》った。

そして未散とわたしが親密になったのも、必然だった。もし未散とそれほど親しくならないまま最初の十月五日を迎えたとして、わたしはこの繰り返しを選んだだろうか。

未散をかけがえのない相手と思ったからこそ、わたしはこの百万日間、ずっと繰り返してきた。くそみたいな運命を拒否し続け、採用可能な一日をもらわないことで、次の一日を要求し続けてきた。そして今日、積み重ねられた一日は、明日を迎えるのに必要な高さを得た。

だから、人間原理。

稲葉未散の魔法自体はこの際なんだっていい。ただわたしにとって都合のいい結果以外は、わたしの視点からは永遠に観測されない。わたしが採用不可能なものは自動的に除かれる。

「あんたに任せていいの？」

「綾ちゃん？　あたしを誰だと思ってんの？　水瀬《みなせ》優花さんだよ」

タイムリープして魔法を失った未散を、最初にここで魔法使いになった運命につぎはぎする、とか。わけわからん。

「うまくいくの？」

「それはきみと彼女次第さ。ありきたりだけど運命は変えられる。でもどういう現実を作るかは結局のところ自分次第、いつもそうでしょ。綾ちゃんだっていつも採用されたい日の割合を増やすように頑張ってる。今回も同じ」

人間原理はあくまでも理論だよ。助けになるかもしれない説得力をくれるけれど、それだけで現実は成り立たない。まずはやってみないと」

優花の励ましには力が宿っていた。力ある言葉、まさに呪文だ。彼女もまた魔法使いなのだ。

「覚悟はいいね、綾ちゃん。怖くてもがんばるしかない。次がラストチャンスで、君は今持ってる十月五日に関するあらゆる記憶を失うんだからね」

「人生初の忘却体験ね」

わたしはどこか他人事にみたいに薄く笑った。

忘れる綾香などもう綾香などではない。わたしはここで一度死ぬのだ。

わたしは彼女にずっと気になっていたことを尋ねた。聞くなら今しかない。何を聞いても無駄な今しか彼女は教えてくれないだろう。

「ねえ最後にもう一つ聞かせて」

「なんなりと。愛する綾ちゃんにならなんでも教えてあげるよ」

忘れてしまうからだろう。優花のわたしへの優しさはタダみたいなものだけど、無制限にあるわけじゃない。数少ない例外を除いて記憶をまったく失わないわたしですら、『今日』初めて知ったことがたくさんあるくらいには、たくさんの隠し事をされている。

「どうしてあんたは十月六日にわたしを助けてくれたの？」

「嫌だなぁ。憶えてるわけないじゃん、綾ちゃんじゃないんだから。あたしはちょっとだけ順応性が高いだけの普通の人だよ。…………でもそうだね、もしかしたら、デジャヴしたからかもしれないね」

優花の手が優しく動く。撫でるようにして頭からおでこに。おでこから瞼《まぶた》の上に。眠りを促すように、そっと押し下げてくれた。誰よりも、温かい手だと思った。

結局、わたしはなんだったんだろう。何もかもを優花に頼りきりになってしまった。駄々をこねてわがままを通す子供みたいに。優花が解決してくれるのを、運命の方が折れるのを待っていただけなんじゃないだろうか。

でも、不思議な充実感に満たされていた。報われて初めて努力に価値を感じるというのも現金な話だけど、確かにやり遂げた気分に浸っていた。がんばれ、明日のわたし。

「おやすみ綾ちゃん。よくがんばったね。……うまくいってもいかなくても、明日を楽しく過ごせるといいね」

十月五日A'

心臓が一つ大きく脈打って、目を見開く。

長い夢を見ていた気がする。

気がするというのは、本当に気がするだけなんだろう。何せわたしは夢を見ない。生まれてから今日まで一度も見たことがない。

懐かしい匂《にお》いがする。

長い間、気の遠くなるくらい長い時間過ごしてきた自室の朝の匂いが、なぜだか今朝は懐かしい。涙腺が緩《ゆる》む。姿見に映る寝乱れた上半身はしどけなくて、自分じゃないみたいだった。

「おはよぉう！ 綾ちゃん！」

入口の鍵《かぎ》がガチャっと音を立てて開いた。反射的に身構えて、掛布団を持ち上げて身体を隠す。勢いよく飛び込んできたのは見慣れた顔だった。

「今何時だと思ってるのよ……」

わたしは涙を隠すように布団に顔を埋めて、気だるそうに返事した。

カーテンを開けて光を入れると部屋の影の中からデジタル時計が現れる。午前六時四十二分。いつもより少し寝坊したかな。

「なんかお腹《なか》すいちゃって」

「あんた徹夜したわね。……座ってなさい。すぐに疲労に効くの作るわ」

言いながら記憶の中の冷蔵庫と相談してメニューを考える。感傷的な気持ちを切り替え、頭脳はすでに平常運行を始めていた。

徹夜明けの疲労回復に効いて、仮眠しても胃もたれしにくい食事を。豚汁かな、生ネギを刻めば食べやすくてスタミナ満点。日に日に寒くなっていくこの季節にぴったりの一品。

「そういえばどうやって入ってきたのよ」

開けた冷蔵庫の扉の内側から声をかける。

寝るときは鍵かけてるのに。

「じゃじゃーん。合鍵《あいかぎ》」

わざわざ回り込んできて見せてくれる。国民的マスコット動物キャラのキーホルダーがぶら下がっている。バランスが悪くてすぐにでも耳の出っ張ったところが取れてしまいそうだ。

「え？　渡してないでしょ」

「現実ってのは綾ちゃんの憶えてる範囲で全部じゃないんだよ」

そりゃわたしだって人の子だし睡眠くらいとる。でも寝てる間に合鍵渡すなんてあるわけがない。起きてる間に渡すのはもっとありえないけど。

「まぁ複製したんだけどね。某ショッピングモールで五百円なり」

「犯罪よそれ」

「よいではないかよいではないか」

まぁ、いっか。

別に優花が自由に出入りしたってだからなんだって話だ。優花がコソ泥じみた真似するわけないし、第一ここには盗られて困る物なんて何もない。暴かれて恥ずかしい秘密もない。そういうのは全部頭の中に入っている。ポエムとか。

「あぁそうだ。もう少ししたら稲葉ちゃん来ると思う」

「はぁ!?」

つい大声になってしまった。

「なんか綾ちゃんのノートが間違えて鞄に入れて持って帰っちゃったらしくて、さっき電話あった」

「そ、それれ」

舌噛んだ……。

「んでじゃあ押しかけて綾ちゃんの寝顔見ようぜーって言ったからたぶん来るよ。でも綾ちゃんすげえ早起きなんだよなぁ、残念」

「それを早く言いなさいよ！」

わたしが言い終わるが早いか、控えめにドアがノックされた。きっと未散だろう。

薄い扉一枚隔てた向こうに未散がいる、そう意識して初めて気づく。

そういえば、あのキスの日、採用されなかった。つい、今の今まで意識から抜け落ちていた。まったくつらくないと言えば嘘になるけど、意外にもふさぎ込むほどでもない。あの日を遠い過去のように感じていた。もう済んでしまったことのように。

あぁ、そうか。目覚めた瞬間の何かが抜け落ちた頼りない気持ちの正体はこれだったのだ。

ほっとした気持ちと一抹の寂《さび》しさが同居していて、なんだか不思議な気持ちだった。

☆

朝は歩道も車道も交通量が多い。みんなが思い思いの目的地に足早に進む。ぼんやりしていると叱《しか》られてしまいそうな、慌ただしい空気だった。それでも平和と日常を絵に描いたような風景だと思った。

「ちょっ、待ってよ、綾香」

「あ、ごめん……」

「どうして急いでるの？」

自分でも気づかないうちに急ぎ足になっていた。急いでしないといけないことがあるような気がする。立ち止まっていては追いつかれてしまう、そんな気がする。誰に？　何に？

やっぱり今日は目が覚めた瞬間から何かおかしい。うまく表現できないけど、不安でいっぱいで、目に映る何もかもがあやふやに思える。

「ごめん」

「謝んなくていいよっ――これでよし！」

未散はわたしの左手を握った。温かい指が絡んで、指先に痺れるような甘さを覚える。だけどその甘さに浸る気になれない。彼女に車道側を歩かせてよいものか。考えに浮かぶのはそういうことばかり。

どれほど記憶を改めても不安は拭えない。

変調をきたしていることは明らかだったけど、まったくその原因に心当たりがない。

いつもなら少し考えただけでわかる。わたしは忘れないのだから。一つ一つ丁寧に思い出していけば、必ず原因に行き着く。それがわからないから気味が悪い。

はっきりした不安の正体は、向こうからやってきてくれた。赤信号で交差点の角に立ち止ったときに唐突に。

それは不合理な直感で、直感が無意識に立ち込める霧の中から湧き出るものであるのなら、意識の本体である記憶を失わないわたしの直感は、合理の範疇《はんちゅう》にあるはずなのだけれど、それはまったく見当もつかない困惑の中から現れた。

「未散……ここ危ないかも」

訝《いぶか》しがられて当然の不安を、未散への信頼に乗せて告げた。

その直後、物凄い勢いで赤信号側の車道左端を原動機付自転車が駆け抜けて、減速しないまま交差点内に進入した。命知らずのそいつは当然クラッシュする。

六時の方角から侵入した原付は最初に三時の方角のクーペと追突し、クーペは左前照灯を粉々に割り散らしながら、わたしたちのいるところ――四時方向からちょうど対角、十時の方角にスリップした。

まばたきするより長く、一息つくより短い微妙な間に、いつか見た気がする景色が走馬灯じみた錯覚として訪れる。わたしはこの惨劇の結末を知っている。見たことがある。

「大丈夫だよ」

かすかにそんな幻聴がした。

はっと我に返ると左手が熱い。何かと思えば未散だった。

「大丈夫。二人なら」

繋いだ手を強く、強すぎるくらいの力で握りながら、彼女は前を向いている。

いつも通りの街路。秋の朝の空気は冷たくて、空の青は目に痛いくらい冴えていて、街路樹の緑がまぶしくて。

「なに、今の」

往来の交通は秩序立っていて、道行く人々はいつも通り足早だった。

だけどさっき見た。確かに見た。背筋が凍りつくような惨事は、すっかり消えてしまった。交差点はいつも通りの朝の混み具合で、そこに事故車はなかった。割れたガラスも、クラクションも、ガソリンの異臭もしなかった。

だけど記憶に焼きついた映像は、空想にしては現実的すぎ、デジャヴと片付けるにはあまりにも鮮明だった。

「夢だよ」

未散は言った。

一夜に五回くらい訪れるレム睡眠。そのさなかに人が見る幻覚に近いものを、たった今わたしは見たのだと彼女は言った。

「嘘よ、そんなのは」

「うん、嘘だよ」

わたしは夢を見ない。今まで一度も見たことがない。

立ちすくむわたしと未散を避けて、往来はいつも通りの朝の景色だった。

「夢になったの。綾香が見たものは」

妙にきっぱりと言い切る未散をまじまじと見返してしまう。彼女はいったい、なんなんだろう。見慣れた顔立ちに普段と変わったところはほとんどなくて、しいていうなら丸っこい瞳に反射する光がこれまで見たどんな色とも違った。

なんなんだ、さっきのは……。


その後も一日違和感は消えなかった。

不安に粟立《あわだ》つ内心を押しとどめながら、必死に平静をよそおって授業を受けた。

確実に訪れるとわかっている悲劇を前に手をこまねいているようで、焦燥ばかりが募った。

バスタブにお湯を張ろうとしたまま、蛇口を閉めずに出かけてしまったような感じに似ていた。ほうっておくと確実に悲劇に直面する。

移動教室で階段を使うのが怖かった。誰かとぶつかって階段から転落してしまうような気がしたから。

昼休みごろから降り始めた雨脚が恐ろしかった。未散が雷に打たれてしまうような気がしたから。

図書室に行けば本棚が倒れてくるような気がしたし、何もしなくても床は抜け、天井《てんじょう》が落ちてくるような予感がした。

根拠なんかない。何も起きないならそれでいいじゃないか、とはとても思えない。違和感がはっきりしすぎていて見過ごせない。このままだと何か取り返しのつかないことが起きてしまうんじゃないか、なんて被害妄想がもりもり育つ。

まるで化け物の腹の中にいるような――。

もしあまり話したことのないクラスメートに呼び止められ、「地震が来るから今すぐ逃げろ」なんて言われたら、わたしはそいつの薬物使用を疑うだろう。熱を測って瞳孔の散大《さんだい》を観察して脈を取るだろう。保健室に連れて行くくらいの世話を焼いてもいい。

教室の安定した椅子の上に座っていてそんなことを考える。わたしはほとんど病気だった。目に映る世界は平和に保たれ、穏やかな時間が流れて放課後になった。心の内は朝からずっと、嵐《あらし》の中の小舟のように動揺したままだったけれど。

「今日何か用事とかあったりする？」

そんな心配を知ってか知らずか、未散はいつも通りほがらかだった。

「ないけど……」

「寄り道して帰らない？」

「いいけど……」

　雨降ってるから。気分じゃないから。断り文句はいくらでも浮かぶけれど、一緒にいないといけないような気分が勝った。っていうか、朝から変な幻覚を見るのも不安で不安でしかたがないのも、もしかして仮病？　心細いからそばにいて、って言えないから無意識に不安を増幅させて……、いやいやそんなバカな……。

「傘もあるよ」

　昼ごろから降り始めた雨はまだ降り続いている。遠くの雲の薄くなったところからかすかに陽光が透けていて、かえって周囲の薄暗さを際立《きわだ》たせている。

　そして連れ立って昇降口から出たとき、恐れていたことがついに起きてしまった。雷が落ちた。閃光《せんこう》と雷鳴に時間差がなかった。

「未散っ――」

　まばゆい白光が視界一面を塗り潰し、同時に轟音というより振動が全身を震わせた。鼓膜は仕事をしなかった。

　わたしはこの光景を見たことがある。

　いつか出会ったとびきりの悪夢によく似ている気がする。

この先は悪い冗談のような不条理が次から次へと訪れ、見飽きた悲劇が入れ代わり立ち代わり再演されるのだ。

白い闇《やみ》が晴れていく。明滅は一瞬だけのこと。フラッシュバックは永遠のように長かった。

「ひゃあっ、……ん、な、何？」

回復する視界の中で、影が振り返った。

「あ、今の？　うん、びっくりした。すごく近くに落ちたね」

生き返ってる途中の鼓膜がうすぼやけた声を伝える。

「え……、あ、うん」

起こるはずだった悲劇は回避された。

何、それ。起こるはずだった？　わたしは何を根拠にそんな風に思っているの……？

「ほら、行こ？」

一つの傘で二人、歩き始める。いつのまにか雷鳴は聞こえなくなっていた。

木野花《このはな》高校のすぐ隣、公園の中へ。池のほとりを行く。整備された植樹の下は晴れていれば木漏れ日《こもび》を地面に描き出す。今はまばらに雨垂れを落としている。時折『ぱら、ぱら』と大粒の雨滴が傘のナイロン生地を叩く。池をはさんで遠く反対側の東屋は水煙に沈んでいた。

「ねえ、未散、何か変じゃない？」

「んんー、変？　どのへん？」

「わからないのよ。何か、違和感があるの。何かよくないことが起きるような」

わたしはつい立ち止まってしまった。傘の音が一瞬だけ遠ざかりかけ、すぐに戻ってきた。

秋の雨は冷たくて、午後の空気はどこか残酷だった。すぐ隣に未散がいるのに、取り残されたような感覚がして、もちろん錯覚に決まってるのに孤独は深まるばかり。

「……綾香、大丈夫だよ。朝も言ったでしょ、大丈夫だって」

彼女は手を伸ばして、わたしに触れてきた。こわごわと髪に触れ、耳を包み、頬に手のひらを置いた。

「大丈夫だって。二人なら大丈夫」

まるで安心させるかのように未散は「大丈夫」を繰り返した。

「全部夢になったんだよ」

「でも、わたしの幻視《み》たものは」

わたしは完全にわからず屋だった。なおも言い募って未散を困らせた。

ぽたぽたと、傘の生地をうつ音が断続的に響く。遠くの空で雷鳴が猛獣のように低くうなった。思わず身がすくむような獰猛《どうもう》な声だった。

固く目を閉じ、音が去るのを待ってから開ける。そこに待ち伏せするかのような、未散の大きな瞳とばっちり目が合った。それで、傘の取っ手を渡された。何を……。

「信じて。全部私が夢にしたの」

根拠などない。彼女の言葉だけがよりどころで、けれどそれは魔法の呪文だった。

未散は空いた両手でわたしの両頬を包み込んだ。温かくて、優しい感触。頬ずりしたくなるような包容力で、つまりはいちころだった。完全に懐柔された。

ばかばかしいことだけど、不安を打ち消すにはそれで十分だった。

「だって私は魔法使いだから、……ね?」

誰も未散に危害を加えられない。

起こるはずのことを起こらなくしてしまう力。

なぜなら未散は、わたしの大切な人は魔法使いだから。

なれたんだ。いつか彼女が語っていた魔法使いに。見慣れた姿をしていても、根本から異なる存在に。

「そうよね、……うん」

運命さえ捻《ね》じ曲《ま》げてしまえる存在になった。

事故も事件も敵意も害意も、運命でも、何物も彼女を傷つけられない。世界でさえも。超然と二本の足で立つ姿を打ち倒せない。

誰だか知らないけど、未散を魔法使いにしてくれた人に心の底から感謝したい気持ちでいっぱいだった。

駅前で手を振って未散と別れ、家路についた。名残惜《なごりお》しい気持ちはあっても、もう不安はない。

いつの間にか雨は上がっていて、夕焼けが薄い雲のあいまに顔を覗かせていた。何もかもが見慣れた、いつも通りの景色が帰ってきた。

夕飯の時間には優花がやってきた。他愛ないことを話して、そのついでに今日一日つきまとってきた変な違和感について愚痴混じりに話した。

変化のない日常。愛すべき退屈な日々の一つとして時間は流れる。ゆっくり、確実に。

そしていつも通りの時間に床についた。静かな秋の夜の穏やかな眠りに落ちた。

何もない一日。

何かがあったはずの一日。

なんでもないことになった一日。

それがわたしにとっての十月五日だった。

そうそう、珍しいことに十月五日はたった一日で終わったのよ。

終章　秋のできごと

けれどあの不安に満ちた十月五日はなんとなく転機だったと思う。

あれからわたしは呪《のろ》いとの付き合い方を少しだけ変えた。

以前はこの特殊な記憶力が憎くて憎くて、有効活用するのも忌み嫌っていた。今は違う。こんな呪いのようなものでも、大切なものを守るために役に立ったような、そんな気がする。気がするだけだけど。

だから一つくらいは採用することにした。

そう思うだけで、わたしは少しだけ生き方を変えることができた。

ある日学校の廊下で浜野《はまの》アリアとばったり出会った。

「文化祭の展示、見たわ」

人の顔を見るなり、彼女は顔をしかめた。しかたないことだ。逃げられなかっただけましだろう。

「綺麗《きれい》だった」

「…………っ」

浜野は美術部で、見事な油絵を展示していた。文化祭の日に未散《みちる》と一緒に見て回った中に、彼女の作品もあった。

「ど、どこがよかったですか」

「色。午前と午後の光でひときわ見え方が違うようになってて」

「も、もういいですっ」

作意を取り違えて機嫌を損ねてしまったかと思ったけど、こらえきれないとばかりに口元を緩《ゆる》める浜野を見て、感想を伝えてよかったと思った。以前のわたしならすれ違っただけで何も起こらなかっただろう。

「それ以上は聞かなくてもいいです。相沢《あいざわ》さんに見てもらえてよかったです」

「うん」

それだけ話して、すれ違うように別れた。十歩進んだところで、浜野の声に後ろから呼び止められた。

「相沢さん！」

振り向くときっちり十歩の距離で浜野アリアが床を力強く踏みしめて立っていた。小さなアーティストの渾身《こんしん》の言葉だった。

「また見に来てください」

大きく、一つ頷《うなず》きを返した。

また別の日の放課後には、クラスメートの小谷《こたに》さんと一緒に図書室で本を探した。

廊下を二人で歩きながら、小谷さんは大げさに感激した様子だった。

「ありがとう、相沢さんがいなかったら絶対見つからなかったよ！」

「見つかってよかったわね」

本を探すとき、わたしは自分の記憶力を使った。お目当ての本は戻し場所を間違えられていて、わたしはその正確な場所を偶然知っていた。

もしかしたらわたしのやり方は正しくないかもしれない。わたしだけの記憶を利用するのは魔女の知識を使うことにも等しく、『予言』のようにいつかしっぺ返しがあるのかもしれない。

それでも未散が言ってくれたから。呪いでも病気でもなく、才能だと言ってくれたから、胸を張って誰かのために記憶力を使おうと思う。

「相沢さんって、話してみると印象全然違うね」

「どんなふうに？」

「ええっと、完璧すぎて、近寄りにくい？　……ってみんな言ってる」

みんなが言ってるのか。ちょっと悲しい。

「でも話してみると全然普通っていうか、むしろちょっと話しやすい？　みたいな」

階段のところで小谷さんとは別れた。

「じゃあ、また明日」

「うん、また明日」

また明日、わたしはこの言葉が好きだ。何度でも言おう。今日がなかったことになるなら、また明日繰り返そう。何度でも。……何度でも。

わたしは孤立した動物から社会的な人間になれるよう心掛けを変えた。少しだけ、ね。誰《だれ》の役に立たなくても生きていていいのだと、優花は言った。でもだからこそ、誰かの役に立つことは尊いのだ。別に優花に諭されたからとか、そんなのは関係ない。絶対に関係ない。

それでも、わたしを理解するものはいない。

寂《さび》しいと言えば寂しいけど仕方のないことだ。わたしは『事情』を打ち明けていないのだから。その勇気だけはまだ持てていない。けれどいつかは――。

少し『普通』になったおかげで、わたしはご褒美をもらえた。

ある日プレハブにノックがあった。十歳から数えてこの二十五年間でも初めてのことだった。

「綾香《あやか》」

父の声だった。

「また一緒に暮らさないか」

扉を開けたまま立ち尽くすわたしの手を取って、少し老けた父は謝罪のようなことを言ったような気がする。完全に上の空だった。

家に入ると母が怯《おび》えの混じった瞳《ひとみ》で見つめてきた。

わたしが責めるとでも思っているのかもしれない。よくも捨ててくれたな、と。しかし不安の渦巻く瞳を逸《そ》らすことだけはしない。

勇気、だと思った。母は自分の娘と向き合う強さを取り戻していた。

二十五年ぶりに足を踏み入れた自室は、わたしが追い出されたときのまま保存されて、――いや保存などされていない――、どんな小さなものでも捨てられずに大切に保存されているにもかかわらず、そこは放置されていたと考えるには綺麗すぎた。ちり埃《ほこり》一つない。定期的に掃除していてくれた人がいた。

「綾香……ごめんなさい」

母は涙を流して抱きしめてくれた。不意に目頭が熱くなった。

だからわたしは、

「お父さん、お母さん」

精一杯の皮肉を込めて、

「ただいま」

これでチャラね。

もちろんこんな幸せな一日が採用なんかされなかった。

でもなかったことになったのとはちょっと違う。

わたしは両親の胸の内を知った。

わたしは捨てられたかもしれない。でも、愛されなかったわけではない。ただ家族がみな心安らかに暮らす方法が、同居して生活することじゃなかっただけだ。

だってこんなにも気にかけてもらっている。ちょっと心がけを変えただけで、すべてをやり直したくなるほど両親はわたしの暮らしぶりを気にかけている。

だからもう恨んでない。

十月十二日A

放課後の教室で、わたしはぼうっとしていた。

採用されなかった両親との和解を思い出しながら、難しいことは考えずに安穏に浸っていた。手元に文庫本を広げながら、けれど文字は瞳の表面を滑って入ってこない。

母の勇気。再びわが子を受け入れると決めたあの勇気を、いつかわたしも持てるだろうか。

窓から見える秋空は鈍色に狭く、街は今にも雨に降られそうな湿気の底にあった。

空気も冷え込んで足元が寒く、天気も悪い。こんな日だから教室もあっという間に人がはけてしまって、残っているのは二人だけ。

けど。

本当は降り始める前に帰りたかった。傘も持ってきてないし。明日からは絶対に持ってくる

「ねえ、帰らないの？」

でも未散が帰ろうとしないのに一人背を向けて去るのもなんだか寂しい。黒板の上でアナログ時計の秒針が、同じところを何周も何周も不毛そうにとぼとぼと歩く。ねえ、あなたは知らないかもしれないけど、同じように見えたとしても毎日は少しずつ違っているのよ。

「ねえ綾香、あのね」

時間にして二分と三十八秒と四分の三秒、うちのキッチンの蛇口から落ちた水滴がシンクに着くまでにかかる時間が四分の一秒にほぼ等しい——未散はぽつりと話し始めた。

「こんなこと言ったら変に思われるかもしれないけど」

きゅっと結ばれた唇は凛々《りり》しく、意を決した頬《ほお》は健康的な赤みを湛《たた》えて、じっとこちらを見据える眼差《まなざ》しはどきどきさせられるくらい熱い。

「私、綾香に言おうと思っていたことがあるの。でもそれってあんまり普通じゃないかもしれなくて」

未散が手を握って、わたしは手に持っていた文庫本を取り落とした。ページ数を憶えなきゃ、と思うも、たとえ一瞬だって手元に視線を落として未散を視界の外に追い出すなんて、とんでもなくもったいないことに思えて、結局本が机の上で表紙を背にして閉じてしまうまで視線を

外せなかった。

「でもね、それを言おうと思ったとき、不思議と綾香は嫌って言わないと思ったんだ。前にもそういうことがあって、そのとき綾香は受け入れてくれた気がして……、デジャヴって言ったら信じる？」

まだお互いをよく知らなかったころでさえ、魔法使いを告白してきたのに、まったくらしくない歯切れの悪さ。

「もちろん信じるわ」

以前はわからなかった感覚。最近は実感している。未散を助けようとしたとき、未散のために何かしようとしたとき、脳裏《のうり》によみがえる不思議な既視感がある。具体的には何も思い出せないし、どれだけ記憶を探しても似たような場面すら見つけられない奇妙なデジャヴ。けれどもその体験が今を支えていると直感できる。

「ねえ綾香、私、あなたが」

もう待てない。

未散が何かを言おうとした口をふさぐ。

このときだけは、直感なんて不確かなものじゃなく、デジャヴのようなあいまいなものでもなく、絶対の記憶力であの日交わしたのと同じキスを――、

今度は、わたしから。

あとがき

この物語が世に出るにあたって、きっかけをくださったGA文庫大賞関係のみなさまと、GA文庫編集部のみなさまに深く感謝申し上げます。とりわけ担当のわらふじさまには何くれとなくご尽力いただきました。本当にありがとうございました。

かも仮面《かめん》先生には美しいイラストで物語を彩《いろど》っていただきました。デザイナーさま、校閲者さま、PV制作者さまにもお世話になりました。ありがとうございました。

まだまだ謝辞をおくるべき方々は尽きませんが、この調子でならべていくと両親、先祖は言うに及《およ》ばず、教育・雇用・流通・治安・安定した通貨・おいしく飲める水道水・日本語を作った昔の大先生・紙の発明者・地球上に生命が誕生した過去等々、すべてを列挙するにはこの余白はあまりに狭いのでやめておきます。どの一要素が欠けてもこの物語をお届けできなかったことは確かだと思います。この世の何もかもに感謝しております。

多くのご縁と幸運に恵まれて、この物語があなたに読まれていることを嬉《うれ》しく思っています。

さて書くべきことは書いたのでこれでおしまいでもいいんですが、せっかくなので書きたいことも書いておきます。

作中で綾香《あやか》が未来を摑《つか》み取るために行ってきたこと。これは必ずしも褒められることばかりではありません。彼女を非難する人もいることでしょう。

それでもこの話を世に問うのは、人には自分の命より大切なものがあって当然と、信じるからです。夢でもいいし、信念でもいい。家族とか愛する人とか、まぁなんでもいいです。その意志こそが命を輝かせる。生きるというのは手段であり目的ではないと信じています。

ゆえに私は綾香の決断と行動を肯定します。

〝ただ生きてただ死ぬ〞なんて、まっぴらではありませんか?

私にとってのそれは夢でした。

面白《おもしろ》い話を書いて読者を惹《ひ》きつけ、誰かの心の中に自分の考えが生きていく。そして願わくは、私がさまざまな作品から受けた影響が次の書き手に引き継がれるように。その中に私が作り出した独創も一つくらいは生き残れると信じて。

あなたの心に何かが残れば、この話に費やしたすべての労苦は報われます。

最後に、夢の舞台に一日も長くとどまること。今はそればかりを願います。

２０２０年秋　宇佐《う さ》楢春《ならはる》

ファンレター、作品の
ご感想をお待ちしています

〈あて先〉

〒106－0032
東京都港区六本木2－4－5
SBクリエイティブ(株)
GA文庫編集部 気付

「宇佐楢春先生」係
「かも仮面先生」係

**本書に関するご意見・ご感想は
右の QR コードよりお寄せください。**

※アクセスの際や登録時に発生する通信費等はご負担ください。

https://ga.sbcr.jp/

忘《わす》れえぬ魔女《まじょ》の物語《ものがたり》

発　行　　2021年1月31日　初版第一刷発行
著　者　　宇佐楢春
発行人　　小川　淳

発行所　　SBクリエイティブ株式会社
〒106－0032
東京都港区六本木2－4－5
電話　03－5549－1201
03－5549－1167（編集）

装　丁　　木村デザイン・ラボ

印刷・製本　中央精版印刷株式会社

ISBN978-4-8156-0770-8
Printed in Japan
GA文庫